L'Inceste,

SUIVI DE

LA BELLE MAURE,

Par Jules de Saint-Aure,

AUTEUR DE L'ORIGINE D'UN PEUPLE CÉLÈBRE,
DES INSÉPARABLES, ETC., ETC.

Tome premier.

PARIS.

TENRÉ, LIBRAIRE,

RUE DU PAON, N° 1;

CORBET, QUAI DES AUGUSTINS, N° 61.

1832.

L'INCESTE,

SUIVI

DE LA BELLE MAURE.

OUVRAGES SOUS PRESSE

DU MÊME AUTEUR.

MONSIEUR JACQUES POPOT , roman nouveau en 4 vol. in-12.

LA FAMILLE D'UNE CHORISTE , vaudeville en 3 actes.

PARIS. — IMPRIMERIE DE CASIMIR,
rue de la Vieille-Monnaie , n° 12.

L'INCESTE,

SUIVI

DE LA BELLE MAURE.

PAR JULES DE SAINT-AURE,

AUTEUR DE L'ORIGINE D'UN PEUPLE CÉLÈBRE,
DES INSÉPARABLES, ETC., ETC.

Faites choix d'un censeur solide et salutaire,
Que la raison conduise et le savoir éclaire,
Et dont le crayon sûr d'abord aille chercher
L'endroit que l'on sent faible et qu'on veut se cacher.

TOME PREMIER.

PARIS.

TENRÉ, LIBRAIRE,
RUE DU PAON, N° 1.
CORBET, QUAI DES AUGUSTINS, N° 61.

—

1832.

L'INCESTE.

~~~~~~~~~~~~~~~~~~~~~~~~~~~~~~~~~~~

Hermann au Lecteur.

J'ai des momens d'une stérilité affreuse, d'autres fois les idées m'arrivent par flocons : quand je compare cette pauvreté de quelques instans avec cette richesse de quelques autres, j'en conclus que les fonctions de notre esprit et celles de notre corps sont étroitement unies, et que les premières sont dans la dépendance immédiate des secondes.

APRÈS une vie agitée par de violentes passions, je goûte enfin au mont Saint-Gothard un peu de

calme; dans cette retraite où m'a
jeté le dégoût du monde, où je
reste maintenant par choix, et pour
la tranquillité de mon âme, souvent
le passé se retrace à mon souvenir,
je veux chercher à me rappeler les
illusions qui ont charmé ma jeunesse, que j'avais prises pour le bonheur, qui ont fait tour à tour le
charme et le tourment de ma vie,
et qui chaque jour maintenant me
semblent autant de songes que le
réveil fait évanouir. Le calme profond qui m'environne, cette éternelle solitude, ces monts couverts
de neige, dont nulle trace humaine
n'a terni la blancheur; ce silence que
jamais rien n'interrompra, tout porte

mon âme à une douce mélancolie.
Ici seulement ce désespoir qui déchirait mon âme a pu s'apaiser.

Ah ! c'est sans effroi que je pense qu'il me reste peut-être encore bien des années à passer sur cette terre d'exil ; je me suis condamné à y vivre seul, et je ne m'en repens pas. Le ciel ne m'a-t-il pas privé de l'être qui seul pouvait m'y plaire ? Je veux écrire, je tracerai mes idées à mesure qu'elles se présenteront à mon esprit, sans ordre, sans suite, que m'importe ! personne ne lira ces feuillets, qui pourraient-ils intéresser ? qui viendra les chercher ici ? cependant si quelque jour un voyageur égaré arrive jusque dans cette soli-

tude, il verra que je fus malheureux, il me plaindra, il versera une
larme sur ma tombe.

CHAPITRE PREMIER.

> L'amitié peut être un fort
> beau sentiment, mais c'est en-
> core de ces beautés idéales dont
> l'existence est beaucoup moins
> connue que le nom.

J'AVAIS dix-huit ans, je me croyais
seul dans le monde; car excepté un
vieux baron qui tous les trimestres
venait payer ma pension, je n'avais
jamais vu ni parens, ni amis. Mes

classes étaient finies, chaque éco-
lier avait attendu la distribution
des prix et les vacances avec impatience pour retourner dans sa famille ; le temps était venu : moi seul
je regardais tristement cette petite
porte qui s'ouvrait pour donner le
bonheur et la liberté à mes jeunes
camarades ; je n'attendais personne,
je me retirais dans le fond d'une
salle, la tête appuyée sur mes mains ;
je n'enviais certainement pas le sort
de mes amis ; mais je désirais avoir
aussi un père, une mère, des parens
enfin que je pusse aimer. Je réflé-
chissais sérieusement à ma position,
lorsque mon nom plusieurs fois ré-
pété me retira de ma rêverie. Je

courus chez le proviseur où on me
dit qu'on me demandait.

C'était mon vieux protecteur.
« Hermann, me dit-il, on m'a rendu
un compte flatteur de votre conduite. Voilà l'âge où vous devez sortir du collége et entrer dans le
monde ; remerciez Monsieur des
bontés qu'il a eues pour vous, et pré-
parez-vous à me suivre. — Vous
suivre, lui dis-je, et où devez-vous
me conduire ? ai-je des parens qui
me réclament ? ou ne dois-je qu'à
la compassion les soins qu'on a pro-
digués à mon enfance et l'éducation
que j'ai reçue ? sont-ce enfin des parens ou des bienfaiteurs que je vais
voir ? — Que vous importe, jeune

homme ? me dit le vieillard d'un ton grave, ne pouvez-vous réprimer une curiosité déplacée ? et quel que soit le motif du silence que j'ai toujours gardé avec vous, ne devez-vous pas le respecter encore ?

« — Que m'importe ! m'écriai-je. Ah ! Monsieur, pouvez-vous croire que la curiosité soit le sentiment qui m'anime dans ce moment ? Dites-moi que je dois respecter le mystère qui m'environne, dites-moi que je dois garder un silence éternel, et ne jamais faire la moindre question, ni sur le passé, ni sur l'avenir, je vous obéirai ; la reconnaissance m'en fait un devoir. Mais ne puis-je savoir au moins où vous allez me conduire,

et quel sera mon guide et mon sou-
tien en quittant Monsieur, que depuis mon enfance je me suis habitué
à regarder comme un père ? Le proviseur m'ouvrit ses bras, je m'y précipitai; me relevant vivement, et
honteux de ma vivacité, je m'approchai de M. de Saint-Clair, qui sourit
et me regarda avec un œil calme.
«Oui, mon cher Hermann, j'approuve
vos sentimens, me dit-il, et j'ai eu
tort de vous parler avec autant de
sévérité ; votre demande est juste et
je vais y répondre, car vous n'êtes
point entouré de mystère.

« Votre père (M. de Linange) est
mort depuis long-temps, votre mère
l'a suivi au tombeau ; vous n'étiez

alors qu'un enfant : ils vous ont confié à mes soins ; sans être riche,
votre fortune vous rend indépen-
dant, et lorsque votre raison sera
assez formée, je vous rendrai mes
comptes. Il ne vous reste plus qu'une
sœur de votre mère, qui a long-
temps habité les colonies ; elle n'est
à Paris que depuis peu de jours,
c'est chez elle que je vais vous conduire, c'est chez elle que vous
resterez jusqu'au moment où vous
pourrez suivre l'état que vous vous
choisirez ; êtes-vous satisfait, et
consentez-vous à me suivre ? »

Je restai stupéfait ; depuis plusieurs années je m'étais formé une
tout autre idée de ce que je devais

être. Mon cerveau avait enfanté mille et une rêveries romanesques, et cet éclaircissement si naturel, fait avec autant de calme, me surprit et me désenchanta ; j'étais presque fâ- ché de me trouver une destinée aussi commune ; j'aurais, je crois, préféré l'abandon et le malheur, pour montrer que mon âme avait assez d'énergie et de force pour le braver. Après un moment de silen- ce, je demandai la permission d'al- ler présider à l'arrangement de mes effets, et au bout d'une heure j'étais déjà à la porte de ma tante.

La voiture de place que nous avions prise s'était arrêtée près du Luxembourg, devant une jolie maison située entre cour et jardin. Nous traversâmes plusieurs chambres élégamment meublées ; un domestique qui nous précédait ouvrit doucement une porte et nous introduisit dans une chambre dont les volets étaient fermés et où il régnait une grande obscurité ; je tremblais de timidité, et d'une émotion que je n'avais jamais éprouvée. « Voilà votre tante, me dit M. de Saint-Clair, en me présentant à une dame qui s'était levée en nous voyant entrer, et dont je ne pouvais distinguer les traits.—Parlons bas, interrompit ma tante, ma fille dort ; ne la réveillons pas. » Ces paroles furent inutiles ; une voix douce et argentine

prononça le nom de *maman*, et
madame de Saint-Severin (ma tante
se nommait ainsi) nous quitta précipitamment pour aller auprès de
sa fille. « Je vous laisse à présent,
me dit M. de Saint-Clair; voilà mon
adresse; toutes les fois que vous
voudrez venir me voir, vous serez
reçu par un véritable ami. » Je n'osai
pas le retenir et je restai seul, confus
et presque alarmé de ma situation.

« Approchez-vous, Hermann,
me dit ma tante, venez voir votre
cousine; ouvrez d'abord ce rideau. »
D'une main tremblante j'obéis, m'approchai du lit et regardai ma jeune
cousine; jamais rien de si délicat,
de si joli et de si faible ne s'était

offert à mes regards; comment rendre ce que j'éprouvai, ce mélange
de compassion et presque de tendresse qu'elle m'inspira au premier
coup d'œil? Elle était couchée sou-
tenue par des oreillers; deux boucles de cheveux d'un blond d'argent
s'échappaient de dessous son bonnet;
son visage était d'une blancheur sans
nul mélange de coloris; ses grands
yeux noirs étaient à moitié fermés
par la souffrance; un faible sourire
entr'ouvrit ses lèvres lorsqu'elle m'a-
perçut.

« C'est ma fille, mon cher Hermann, me dit ma tante; je désire
que vous l'aimiez comme une sœur;
elle n'est encore qu'un enfant, elle

aura besoin de nos conseils ; son éducation a été bien négligée ; il faudra
nous armer de patience, et nous lui
ferons réparer le temps perdu. Sa
santé est bien faible, c'est le motif
qui m'a ramenée en France; j'espère
qu'elle se rétablira. Mais d'où vient
cet air interdit ? mon cher Hermann,
bannissez-votre timidité, et pensez
que vous trouverez en moi le cœur
et les sentimens d'une mère ; em-
brassez-moi, mon fils. » Je saisis sa
main et j'y imprimai mes lèvres.
Elle me conduisit vers ma jeune cousine, qui se pencha vers moi, et je
l'embrassai. Je m'assis, Hélène me
regardait; il y avait tant de douceur
et de charme dans son regard, que

je trouvais facile de l'aimer comme
une sœur. Elle avait alors douze ans,
et malgré ce que m'avait dit madame
de Saint-Severin, je découvris bientôt qu'Hélène avait lu avec fruit.
Bientôt, avec cette innocente confiance de l'enfance, elle me parla des
amis qu'elle avait quittés, de l'ennui
que lui causait cette maladie de lan-
gueur dont elle était accablée; au
milieu de ses entretiens où régnait le
plus naïf abandon, l'heure du dîner
arriva; nous restâmes près de son lit.

Le soir nous ne la quittâmes pas;
en nous séparant ma tante me dit :
« A demain; » et quoique je ne fusse
arrivé près d'elle que depuis peu
d'heures, je sentais que ce ne serait pas

sans un vif chagrin que je renoncerais
à cet avenir qui me paraissait le matin si dénué d'intérêt et de bonheur.

En m'endormant je répétais encore :
A demain, et ce fut avec délices que
je me réveillai en songeant qu'enfin
j'avais une famille, que j'étais aimé,
et que je pouvais aimer à mon tour
sans craindre que mon affection ne
fût partagée par personne. Madame
de Saint-Severin me paraissait sensible, chaque trait de son visage
peignait sa bonté ; quelle expression
d'amour avait son regard lorsqu'il
se portait sur sa fille ! Elle m'avait
aussi nommé son fils, elle m'avait
promis d'avoir pour moi les sentimens d'une mère. Ah ! dans ce temps

seulement je n'ai pas rêvé le bonheur; s'il peut exister sur la terre,
je l'ai goûté alors. Dois-je parler
d'Hélène? si je veux suivre chaque
événement, que pourrais-je en dire?

Ma cousine n'était encore qu'un
enfant, mais que cet enfant avait de
grâces ! Au bout de quelques jours
je m'aperçus que sa santé se fortifiait
à vue d'œil; son extrême pâleur
avait disparu ; elle pouvait se lever,
et la plus aimable vivacité rempla-
çait son abattement. Je l'avais jugée
douce et calme, elle était vive jusqu'à l'emportement; mais la moindre observation la rendait aussi
soumise qu'elle nous avait paru
emportée, et les larmes aux yeux

elle nous priait d'oublier ses torts.
Ma tante m'avait institué son maître
de dessin et de musique; je lui faisais répéter toutes ses autres leçons;
enfin je la quittais à peine quelques
heures dans la journée. Un attrait
indéfinissable me ramenait bien vite
près d'elle lorsque j'étais forcé de
la quitter; je partageais ses jeux
enfantins, j'en inventais pour l'amu-
ser; je riais lorsque je la voyais rire.
Si dans les heures de mes leçons
j'étais forcé de lui montrer un peu
de sévérité, le chagrin que je lui
causais me faisait presque verser des
larmes; comment pouvais-je l'affliger? je me trouvais injuste, et souvent j'étais prêt à lui demander

pardon d'être obligé d'avoir raison.

Enfin j'aimais Hélène enfant avec la même passion que je l'ai aimée à dix-huit ans, que je l'ai aimée lorsque, séparé d'elle, je n'espérais plus la revoir; je l'aimais comme je l'aime encore, comme je l'aimerai toujours... Mon Dieu! pardonnez; le front courbé dans la poussière, j'adore vos augustes décrets; je devrais l'oublier, mais le puis-je? Ah! je ne le sens que trop : les glaces de l'âge ne pourront même pas éteindre ce feu sacré dans mon cœur : j'implore, j'attends votre clémence, et je n'espère qu'en elle.

~~~~~~

CHAPITRE II.

> Par quelle heureuse faculté,
> par quel inconcevable moyen,
> les hommes se rendent-ils si
> étrangers à l'horreur de leur
> sort? Pourquoi la gaîté est-elle
> toujours sur leurs lèvres, lors-
> que le tombeau est toujours sous
> leurs pas? Pourquoi un rien les
> fait-il rire, lorsqu'un rien peut
> les faire mourir?

HÉLAS! je ne puis continuer d'é-
crire, je crois qu'il y a de la témé-
rité à me rappeler le passé; quelle

triste comparaison avec le présent !
et cette résignation, ce calme que
je me flattais d'avoir rétabli dans
mon âme, un souvenir le fait évanouir. Affreux effets des passions !
même après que l'incendie est éteint,
il s'élève encore des étincelles, qui
feraient croire que le feu va se ral-
lumer, et cependant il n'a plus d'a-
liment. Continuons mon récit, je le
veux, je le dois; c'est une tâche que
je me suis imposée, et je rougirais
de moi-même, si je ne pouvais la
remplir. J'essaierai de tracer le por-
trait de madame de Saint-Severin
tel que j'ai pu la juger pendant le
peu de temps que j'ai vécu près
d'elle.

Quoique bien jeune encore, l'abandon où j'avais vécu m'avait porté à réfléchir de bonne heure. J'étais habituellement pensif, je sentais le besoin d'observer tout ce que je voyais, afin d'en tirer quelque fruit. Ma tante avait été belle, mais les malheurs qu'elle avait éprouvés, et dont cependant elle ne parlait jamais, avaient dérangé sa santé. J'appris qu'elle avait perdu son mari, qu'elle avait eu plusieurs enfans ; mais elle n'avait conservé qu'Hélène, le dernier fruit d'une union malheureusement interrompue.

Madame de Saint-Severin joignait à une profonde sensibilité, une grande exaltation de sentimens.

Tout ce qui aurait pu paraître ex-
traordinaire à un être calme, lui
plaisait. Ses lectures se ressentaient
de son goût pour le merveilleux,
et elle avait fait partager son goût
à sa fille et à moi. Nous lisions l'histoire cependant ; mais ces récits qui,
au collége, me paraissaient si dé-
nués d'intérêt, sous la direction de
ma tante, lus par elle, lorsque sa
voix douce et sonore nous expli-
quait les passages les plus obscurs
des premiers siècles de notre histoire, lorsqu'elle les commentait,
tout prenait à mes yeux une face
nouvelle, et n'était plus l'histoire ;
mais c'était un roman si bien tracé,
qui se trouvait si bien en harmonie

avec ma situation, et avec les bril-
lantes rêveries de dix-huit ans, que
je croyais tout possible, et alors
j'aimais ces anciens qui primitive-
ment m'avaient tant déplu.

Jusqu'au moment où je connus
madame de Saint-Séverin, j'avais
étudié sans goût. J'avais beaucoup
appris, sans avoir rien retenu: Madame de Saint-Séverin me fit presque
recommencer mes études; alors j'appris avec bien plus de suite; je m'appliquai pour lui plaire, pour obtenir
un regard de ma jolie cousine, et pour
devenir son instituteur, car tel était
le prix réservé à mes progrès. Le
matin nous nous renfermions tous
trois pendant plusieurs heures, et

nous travaillions ensemble. Le soir il venait rarement du monde, et nous faisions de la musique.

Hélène était le but de mes travaux ; elle était bien enfant encore ; mais je me rappelle qu'auprès d'elle mon cœur battait avec violence; si sa petite main pressait la mienne , je frissonnais de plaisir. Si, en jouant, elle se jetait dans mes bras, je ne me détachais d'elle qu'avec effort : son âme était le miroir fidèle de la mienne, et malgré la différence de nos âges, nos idées étaient les mêmes, nos sentimens étaient communs. Elle avait quinze ans, que je ne lui avais pas encore découvert l'ardent amour qu'elle m'inspirait ; la plus pure innocence régnait encore dans nos cœurs. Jamais près d'elle je ne concevais une coupable pensée; je l'aimais comme on aimerait un ange. Sa faiblesse physique éloignait peut-être tout sentiment qui n'eût pas été céleste comme elle.

Élevée comme les enfans de l'heureux pays où elle était née, rien n'avait jamais contrarié ses volontés; sa mère l'adorait : quant à moi, rien ne peut exprimer ce qu'elle m'inspirait. Je vois encore ses grands yeux noirs se fixer sur moi; je suis encore ses mouvemens rapides et animés; j'entends les accens de sa voix chérie. Tout en elle portait le cachet d'une fermeté, d'une impé-

tuosité de caractère que ni le monde,
ni l'adversité ne pourraient faire
plier. J'aimais cet être charmant, et
sa mère ne s'en apercevait pas. Je
m'en étonne encore ; mais ce qui
me surprend bien plus, c'est l'imprévoyance avec laquelle elle avait
placé si près de moi un danger inévitable.

Je voudrais m'arrêter plus long-
temps sur les premières années de
ma jeunesse : les souvenirs d'un
premier amour ont un charme que
nul autre ne peut plus offrir. Tout
est jouissance alors ; l'expérience ne
nous a pas encore appris que le cœur
peut changer. On ne craint pas l'inconstance, on ne la conçoit même

pas; on aime, et c'est pour toujours.
L'avenir s'embellit des charmes du
présent, et à vingt-un ans, que d'années on a devant soi, que notre imagination couronne d'avance d'une
auréole de jouissances et de bonheur !

~~~~~~

CHAPITRE III.

· L'amour est le baume de la
vie, il en est l'intérêt ; par lui elle
se rénouvelle, et par lui elle se
soutient : ôtez l'amour de la vie,
il ne reste plus rien ; tout est
faux, tout se décolore en son
absence ; le cœur qui ne sait plus
aimer, ne doit plus savoir vivre.

HÉLÈNE était belle , elle le savait ;
nous allions peu dans le monde :
ma tante craignait que les veilles ne

nuisissent à la santé de sa fille, déjà
si délicate. Cependant un jour elle
ne put refuser une invitation de
bal; ce jour-là je dînais chez monsieur de Saint-Clair, et je ne rentrai
qu'au moment où nous devions sortir. J'ouvre la porte du salon, et
dans une glace, vis-à-vis de moi,
j'aperçois une image ravissante;
c'était ma jeune cousine. Un bandeau
de perles ceignait son front, et rete-
nait les boucles de ses longs cheveux;
sa robe laissait voir ses jolis pieds; son
cou, ses bras étaient nus. Je ne
l'avais jamais vue parée; c'était la
première fois qu'elle m'apparaissait
sous cette forme si brillante : j'en
fus ébloui.

« Comment me trouvez-vous, Hermann ? » me dit-elle en s'avançant vers moi. Je la regardai, et je fis quelques pas en arrière. « Bien, trop bien ! dis-je presque indistinctement.—Trop bien! cher Hermann, on ne peut-être trop bien pour aller au bal. Mais regardez, maman, quelle triste figure a mon cousin; on dirait qu'il s'apprête à aller à un enterrement;» et elle se retourna vers la glace, en arrangeant son collier et ses cheveux. Pour moi, offensé du ton de légèreté qu'elle venait de prendre, je restai debout, appuyé contre la cheminée, prêt à dire que je voulais rester et ne point aller au bal.

Ma tante s'aperçut sans doute de
mon intention, car elle m'offrit sa
main, et elle m'entraîna dans sa
voiture; Hélène nous suivait. En
entrant dans la salle du bal, tous les
regards se fixèrent sur Hélène. Je
la regardais alors; ses yeux timide-
ment baissés, sa rougeur m'appri-
rent qu'elle entendait les éloges que
l'on prodiguait à sa beauté. Elle
s'assit près de sa mère, et fut bientôt entourée par plusieurs jeunes
gens qui s'empressèrent de l'inviter
à danser. Elle accepta, et moi je
restai presque seul au milieu de tout
ce monde : mes yeux ne pouvaient
se détacher d'Hélène; cependant je
fus tiré de ma douce contemplation

par un dialogue établi entre deux jeunes gens.

« Qui est-elle? dit l'un d'eux. — Comment! tu ignores que cette charmante personne est mademoiselle de Saint-Séverin? Sa mère, femme très-romanesque, l'a élevée dans la retraite; elle paraît aujourd'hui pour la première fois dans le monde; on la dit destinée au comte de Listenay, qui, absent depuis plusieurs années, ne la connaît pas encore : ce sera pour l'un et pour l'autre un grand mariage; car mademoiselle de Saint-Séverin aura plus d'un million de dot, et M. de Listenay est aimable et d'une très-ancienne famille. »

Je restai pétrifié d'apprendre en même temps qu'Hélène était éminemmént riche, et qu'elle était destinée à un autre qu'à moi. Cette découverte me frappa comme un coup de foudre; j'entrevis alors tous les chagrins que la passion que m'inspirait Hélène allait me préparer. «Mais est-ce bien de l'amour que j'ai pour elle? me dis-je.... Hélas! puis-je encore me faire illusion? Si je n'éprouvais que de l'amitié, si Hélène n'était à mes yeux qu'une sœur chérie, ne jouirais-je pas de ses succès et des hommages qu'on lui adresse? Mais au lieu du plaisir que je devrais goûter à la voir admirée et adorée, je suis ici dévoré par la

jalousie : malheureux Hermann !
n'en doute plus, c'est de l'amour; et
tes conseils devaient guider son enfance ! »

Je ne fus tiré de la profonde rêverie où j'étais tombé que par ma
tante, qui m'appela, et me demanda
pourquoi je ne dansais pas. « Est-il
donc absolument nécessaire que je
danse ?—Mais il me semble, me dit-
elle en riant, que c'est une obligation lorsqu'on vient au bal. » Ne
voulant pas me faire remarquer, je
dansai; mais on comprendra aisé-
ment que jamais soirée ne me parut
plus longue ni plus fatigante. Le
cœur oppressé, un triste pressen-
timent m'avertissait que j'avais déjà

vu s'écouler mes derniers instans de bonheur. Toute illusion était détruite; je connaissais mon cœur, il était trop sensible et trop passionné pour qu'une affection secondaire pût le rendre complètement heureux.

Le lendemain je n'osai entrer chez ma tante comme à l'ordinaire; les réflexions que j'avais faites la nuit avaient laissé sur mon visage des traces que l'air seul pouvait dissiper. Aussitôt qu'il fit jour, je sortis de la maison, et ne rentrai que fort tard. On allait se mettre à table; nous étions dans l'hiver, et mes habits étaient entièrement imprégnés d'eau. Ma tante se récria sur mon imprudence, et je fus promptement chan-

ger de vêtemens. Pendant plusieurs
jours, je tâchai de m'affermir dans
la résolution de cacher à ma tante
l'amour que j'éprouvais; car je sentais que de m'en guérir était au-
dessus de mes forces, et même de
ma volonté. Il fallait aussi tromper
Hélène, et lui laisser croire que je
ne la regardais que comme ma sœur;
mais la dissimulation était une chose
si éloignée de mon caractère, que,
pour cacher la vérité, je dus m'é-
loigner de ma cousine et éviter toute
occasion de me trouver seul avec
elle.

Lorsque nous étions ensemble,
je ne lui parlais que du ton le plus
froid et le plus calme : cette con-

duite me coûtait; mais c'était mon
devoir, et j'aurais certainement per-
sisté à le remplir dans toute sa rigueur, si une circonstance impré-
vue ne fût venue détruire tous mes
plans.

L'indifférence que j'affectais était
trop éloignée de mon cœur pour
que je ne souffrisse pas cruellement
de cette pénible contrainte. Je dissi-
mulais, il est vrai, autant qu'il
m'était possible, ma douleur et mes
anxiétés; mais l'altération de mes
traits et ma préoccupation ne purent
échapper à l'œil de ma cousine.
Dans le peu d'instans que je passais
près d'elle, elle se plaignit d'abord
de mon changement; ensuite ses

instances pour savoir ce qui causait mon abattement devinrent toujours plus vives.

Un jour que ma tante était sortie, et que j'avais été forcé de continuer une leçon de musique commencée devant elle, Hélène profita de cette occasion pour m'interroger. « Je veux savoir quelle raison vous porte à me fuir, Hermann, me dit-elle, avec un air profondément touché ; j'ai beau examiner mon cœur, je ne le trouve coupable d'aucune faute envers vous : si vous m'aimez, vous m'expliquerez la cause du trouble que vous éprouvez depuis quelque temps, et qui vous agite même encore dans ce moment.

« — Moi, troublé ! dis-je en pâlis-
sant : non, Hélène, je ne puis l'être
devant vous ; je suis indisposé, souf-
frant. — Mais cette souffrance, d'où
peut-elle venir ? mon cousin, vous
ne me dites pas tout, vous avez un
secret que vous me cachez. — Non,
en vérité, dis-je en m'efforçant de
sourire.... je serais peut-être en
droit de vous faire le même reproche ; car comment ai-je appris,
seulement par l'effet du hasard, que
votre main est déjà promise, et que
M. de Listenay est l'heureux époux
à qui vous appartiendrez avant peu ?
Pourquoi m'avoir fait un mystère
d'une circonstance si importante
pour nos destinées à tous deux ? car

1.   2.

alors, nous nous séparerons, et le triste Hermann restera seul avec la certitude que le monde et toutes ses séductions, qui vous entoureront, le feront bien vite oublier. »

Je prononçai sans doute ces derniers mots avec un ton bien douloureux ; car Hélène saisit ma main et la pressa contre son cœur. Nous gardâmes quelque temps le silence ; elle le rompit la première. — Non, mon cousin, non, nous ne nous séparerons pas ; il est vrai que dans mon enfance on a parlé de mon union avec M. de Listenay ; mais depuis quatre ans, ma mère ne m'a pas parlé de lui, et si j'en dois croire mes pressentimens, si j'interroge

mon cœur…., si la conduite de ma
mère ne me trompe pas, ce n'est pas
lui qui sera mon époux… »

Hélène, en achevant ces mots,
me regarda avec une expression qui
ne me laissa pas le moindre doute
sur ce qu'elle voulait me faire entendre; je ne puis rendre ce que
j'éprouvai dans cet instant; j'eus
la force cependant de me lever et
de m'avancer vers la porte; je sentais qu'un seul mot découvrirait le
fond de mon âme, et je devais me
taire. « Hermann! » me dit Hélène,
avec un accent si tendre et si pénétrant, que je n'eus pas le courage
de faire un pas de plus. « Hermann! »
répéta-t-elle encore. Je tombai à ses

genoux, elle me releva; je l'entourai de mes bras; sa tête se pencha sur mon sein, et je l'y pressai avec ardeur. Tout était dévoilé, elle m'aimait : ah! il m'eût fallu la vertu d'un ange pour résister et m'éloigner encore. « Et tu as pu douter de mon cœur? tu as pu croire qu'Hélène, élevée par toi, ne t'aimait pas uniquement? Ne suis-je donc pas ton élève chérie, ta sœur? Après ma mère, les premiers sentimens de mon cœur n'ont-ils pas été pour toi?... » Ici elle s'arrête et rougit...

Je ne pouvais plus me faire illusion, tout était découvert, et mon ravissement étouffa pour un moment toutes mes craintes : mon

ivresse ne dura pourtant qu'un moment ; l'idée que j'abusais de la confiance de ma tante me glaça d'effroi.
« Hélène, dis-je, en lui pressant tendrement la main, il faut tout dire
à votre mère, il faut qu'elle soit
l'arbitre de mon sort... Si elle t'ordonnait de m'oublier ?... (Hélène
frémit) oui, si elle t'ordonnait de
m'oublier, il faudrait lui obéir... Cependant j'ose espérer que nous n'a-
vons pas un tel malheur à craindre :
ta mère est juste et bonne, mon
amie ; et après m'avoir habitué à
vivre près de toi, elle ne voudrait
pas faire le malheur de ma vie en
nous séparant pour jamais ; elle ne
voudrait pas me déchirer le cœur,

me faire haïr une existence qu'elle aurait empoisonnée. Ne m'a-t-elle pas dit mille fois que j'étais l'enfant de son adoption? Il y aurait eu de la barbarie à m'exposer à un danger inévitable. Mais quand même je serais sûr que, pour prix de ma sincérité, elle me bannirait de chez elle, je ne balancerais pas à rompre le silence; car ton estime m'est aussi nécessaire que ton amour, et tu ne pourrais plus estimer l'homme qui trahirait les devoirs les plus sacrés de l'hospitalité.

— Ma mère m'ordonnerait en vain de t'oublier, Hermann; la tendresse que j'ai pour toi est inaltérable; il faut, où que je sois ton

épouse, ou....—N'achève pas ! m'é-
criai-je, n'achève pas, mon Hélène,
ménage ma raison, je sens qu'elle
est prête à s'égarer... S'il me fallait
à présent renoncer à toi, je ne pourrais plus supporter la vie. »

En achevant ces mots, je m'élançai
hors de l'appartement, je n'avais plus
rien à entendre, mon existence était
fixée : adorer Hélène, tel était mon
sort. Mon devoir, mes principes,
tout allait être oublié; un mot de
plus, et j'étais encore plus coupable,
car j'allais lui faire le serment de
tout braver pour être à elle; j'allais
exiger une même promesse de sa
part; peut-être mon délire m'eût-il
emporté encore plus loin.

Retiré dans ma chambre, je ne pus rester en place ; je me promenai à grands pas pendant long-temps : ma tête était en feu. Je pris une plume pour écrire à ma tante ; je ne pus tracer que quelques mots sans suite. Hélène ravissante par ses charmes, par son amour, absorbait toutes mes facultés, toutes mes sensations : ce fut à elle que j'écrivis. Après avoir tracé rapidement une page, je m'arrêtai, et je voulus relire ce que j'avais écrit ; mais effrayé du désordre qui régnait dans ma lettre, je la déchirai, et, la tête appuyée sur ma main, je cherchai à rassembler mes idées et à calmer mon imagination.

Que dois-je donc faire ? m'écriai-je

impétueusement; quels sont mes projets? quel est mon but? J'ai manqué à toutes mes résolutions; me rendrai-je encore plus coupable que je ne le suis déjà? dois-je, pour prix de tant de soins, de tant de confiance, séduire la fille de ma bienfaitrice, l'entraîner avec moi dans un abîme d'où je ne pourrai plus la retirer? Un moment de faiblesse m'a entraîné à lui dévoiler ma passion; mais après avoir rompu un silence que tout m'ordonnait de garder, il faut instruire sa mère, il le faut: l'honneur me l'ordonne; mais, grand Dieu! quelle sera sa réponse?...

Ah! malheureux Hermann, voilà la crainte qui devait te retenir tout à l'heure... Tu trembles, et tu n'as même pas su fuir le danger. Puisque tu ne te sentais pas la force de supporter les chagrins que te prépare une coupable passion, puisque tu n'as pas craint d'entraîner ton innocente cousine à partager ton sort, c'est d'elle qu'il faut t'occuper; c'est elle qu'il faut sauver ; c'est pour elle seule qu'il faut instruire sa mère. Si madame de Saint-Séverin désapprouve sa tendresse; si l'âme ardente et sensible d'Hélène succombe à la douleur qu'elle en éprouvera... Ah! Dieu, sauvez Hélène; qu'elle m'oublie, et pardonnez-moi d'avoir eu la faiblesse de lui faire connaître la passion qui me dévore.

CHAPITRE IV.

L'amour est la plus naturelle et
la plus violente de toutes les passions; elle peut, selon le caractère de celui qui en éprouve les at-
teintes, mener aux plus grandes
choses comme aux plus horri-
bles; elle se compose , comme
toutes les autres passions , de
peines et de jouissances."

QUELLE nuit je passai !... Tantôt
brûlé par une chaleur étouffante,
tantôt transi et glacé par un frisson

qui parcourait tout mon corps, je
ne pus fermer l'œil une seule minute. Je désirais le jour, et je craignais le voir arriver. C'était dans ce
jour que mon sort devait se décider,
que j'allais perdre Hélène, ou me
voir uni à elle pour toujours. Il
fallait parler enfin, ou me rendre à
mes yeux l'homme le plus méprisable. Je différai pourtant, et j'at-
tendis qu'on vînt m'avertir que le
déjeûner était servi. J'entrai dans la
salle à manger ; ma tante était assise
près de la table, à ses côtés était sa
fille ; près de la cheminée se trouvait
une dame nommée d'Arberg, qui
depuis quelque temps ne quittait
plus la maison.

Cette femme était devenue depuis deux ou trois mois tout-à-fait nécessaire à madame de Saint-Séverin ; elle ne s'en séparait pas un instant. Ma tante avait fait sa connaissance à l'église. Tout dans cette femme avait un air de mystère : sa figure pâle et immobile, son air froid et réservé m'en imposaient malgré moi. Elle m'honorait cependant d'une attention particulière ; mais je ne pouvais m'empêcher de sentir pour elle un éloignement que je taxais d'injustice ; il me semblait que ma tante me traitait avec plus de froideur lorsqu'elle était présente. Hélène l'appelait en riant son spectre, et prétendait que madame d'Arberg figurerait très-bien dans un roman à revenans.

Je croyais comme tout le monde que ma tante ne la voyait que pour soulager sa misère, car la mise de cette femme annonçait moins que la médiocrité.

Elle m'inspirait un éloignement auquel je ne pouvais assigner de cause ; mais en entrant ce jour-là dans le salon, j'en éprouvai plus que jamais l'effet par le regard sévère et scrutateur qu'elle jeta sur moi. Je m'assis : la crainte de rencontrer encore son regard me fit baisser les yeux : je craignais aussi qu'Hélène n'eût parlé, et que ma tante, instruite seulement par les naïfs aveux de sa fille, ne m'en voulût de mon peu de confiance. Je fus promptement rassuré, car madame de Saint-Séverin, avec un ton d'intérêt et d'affection, me demanda si je n'étais pas indisposé. Je la rassurai, et nous gardâmes le silence.

Hélène se leva de table et s'approcha de sa mère. « Je crains comme vous, chère maman, qu'Hermann ne soit malade..... — Je croirais plutôt, dit madame d'Arberg, en interrompant Hélène, que monsieur a le désir de voyager ; le manque d'occupation qu'il éprouve à Paris lui cause peut-être quelque ennui, et en même temps l'abattement où nous le voyons plongé depuis quel-

que temps...—Cela est très-naturel,
dit ma tante, et j'ai pour Hermann
une tendresse trop éclairée et trop
désintéressée pour m'opposer à un
tel désir. Je l'aime comme mon fils...
— Entendez-vous, Hermann ? s'é-
cria Hélène, ma mère vous aime
comme son fils... — Et qu'y a-t-il
d'étonnant à cela ? interrompit sé-
vèrement ma tante; ne le savait-il
pas? et votre cousin a-t-il jamais
douté de ma tendresse? »

Dans ce moment, saisi par une
émotion impossible à décrire, je
m'élançai de ma chaise et je tombai
aux genoux de madame de Saint-
Séverin. « Ah! je le savais, vous
ne pouviez vouloir que mon bon-

heur, dis-je d'une voix entrecoupée, et vous ne me bannirez pas de chez vous lorsque je vous dirai que j'adore Hélène, et que je ne puis vivre sans elle. — Grand dieu! vous aimez Hélène... Et vous, ma fille?...—Ah! maman, ne l'aviez-vous pas deviné? — Malheureux enfans ! vous vous aimez, je le vois, s'écria madame de Saint-Séverin en me repoussant : fatale imprévoyance! vous vous aimez, mais une union entre vous est impossible... — Et qu'ai-je fait qui m'en rende indigne?... j'ai peu de fortune, il est vrai, mais j'aime Hélène depuis son enfance; quels peuvent être les obstacles qui nous séparent? parlez, ma tante, ah! parlez,

de grâce, faites cesser l'affreuse in-
certitude dans laquelle vous me
plongez?

« — Relevez-vous, Hermann, me
dit ma tante, dans un autre instant
je vous instruirai de ce que vous de-
vriez déjà savoir; maintenant je suis
trop agitée ; mais souvenez - vous
qu'Hélène ne peut être à vous. —
Ah! maman, si je ne devais pas être
à lui, pourquoi m'en parliez - vous
sans cesse? pourquoi, avant de le
connaître, me disiez-vous qu'il serait
le compagnon de ma jeunesse, qu'il
fallait que je l'aimasse ; je vous ai
obéi trop bien, peut-être... — Mais
en même temps ne vous avais-je pas
ordonné de ne le regarder que comme

un frère? ne saviez-vous pas que vous étiez engagée à M. de Listenay?... ne connaissiez-vous pas mon cœur? — Ah! ma mère, pourquoi m'exposer à concevoir un amour que vous ne deviez pas approuver? Au nom de tout ce que vous avez de plus cher, ajouta Hélène avec l'accent de la douleur, et en se prosternant aux genoux de sa mère, dites-moi quel est l'obstacle invincible qui nous sépare... ou plutôt gardez le silence, que pourriez-vous me dire qui puisse m'empêcher de l'aimer? — Eh bien! aime donc un vil bâtard, s'écria madame de Saint-Séverin avec l'accent de l'indignation. Aime-le, unis-toi à un être repoussé par la société, et

si ce n'est assez pour toi du mépris
du monde entier, joins-y la malé-
diction de ta mère !...

« — Ah ! madame, épargnez-la,
dis-je en courant à Hélène, qui était
près de perdre connaissance ; il fallait me dire ce fatal secret dans l'instant où je suis venu près de vous,
je n'aurais pas alors osé porter mes
vœux jusqu'à elle. Vous aviez raison
de le dire : une barrière insurmontable nous sépare, et je n'essaierai
pas de la franchir ; mais votre dissimulation aura causé le malheur de
ma vie et peut-être celui de cette
infortunée !... Je fis quelques pas
pour sortir, Hélène s'élança après
moi... « Hermann ! Hermann ! s'é-

cria-t-elle, que voulez-vous faire?
allez-vous me quitter pour toujours?... » Elle s'évanouit, et je la
reçus dans mes bras : je la pressai
contre mon cœur, et je crus qu'elle
avait cessé de vivre. En voyant ses
lèvres pâles et son front décoloré, sa
mère voulut l'arracher de mes bras;
mais je la retins encore. Cependant
une faible rougeur étant venue co-
lorer son visage, je la pressai plus
fortement, en m'écriant avec égarement : « Adieu, chère Hélène, je ne te
verrai plus; c'est la dernière fois
que j'ai entendu ta voix; quand tu
reviendras à la vie, tu me deman-
deras en vain.... Oublie-moi, je le
désire pour ton bonheur... pour moi,

je vais vivre et mourir loin de
toi... »

Je déposai l'amie de mon cœur
dans les bras de sa mère ; j'osai presser de mes lèvres ses lèvres encore
froides ; puis je sortis impétueusement de sa chambre. En ouvrant la
dernière porte qui allait me séparer
pour toujours de ce que j'aimais, je
m'arrêtai involontairement : dans ce
moment, j'entendis la voix d'Hélène :
elle m'appelait ; je m'élançai pour
fuir. Descendant rapidement l'esca-
lier, je me trouvai bientôt dans la
rue... mais à peine eus-je fait quelques pas que je me sentis retenir fortement ; je me retournai, et j'aperçus
madame d'Arberg..... « Où allez-

vous, mon fils? me dit-elle, vous êtes malheureux, je veux vous suivre... »

CHAPITRE V.

Il n'est point de préjugé plus
ancien que celui de la naissance,
et il n'en est point cependant
d'une absurdité plus complète.

Ce n'est point par son prin-
cipe, mais par ses conséquences,
que le préjugé de la naissance
est ridicule; le tronc de l'arbre
est sain, ce sont les branches
qui en sont mauvaises.

JE voulus vainement me dégager,
elle avait passé son bras sous le mien,
et je fus forcé de me laisser conduire

où elle voulut me mener. Nous arrivâmes chez elle; je ne me souviens
pas de ce qu'elle me dit ; absorbé par
ma douleur, quel intérêt désormais
pouvait m'attacher à la vie; je venais de quitter Hélène pour jamais !
Je n'éprouvais qu'un seul désir, c'é-
tait de me trouver seul, et de me
débarrasser le plus promptement
possible d'une existence devenue insupportable. Probablement madame
d'Arberg s'aperçut de mon intention, et pendant plusieurs jours elle
ne me quitta pas une seule minute. Rien ne put la distraire des
soins qu'elle me prodiguait, ni
mes emportemens, ni l'ordre que
je lui donnais de m'abandonner

I.   3.

à toute l'horreur de ma destinée.

Après plusieurs jours passés dans un morne désespoir, après avoir rejeté toutes les consolations que ma nouvelle amie présentait à mon esprit et à mon cœur, je finis par rougir de mon ingratitude et de mes emportemens. Madame d'Arberg était assise près de moi depuis plusieurs heures ; elle avait cessé de me parler, et me regardait en silence ; je fis quelques tours dans la chambre ; puis, m'arrêtant tout à coup devant elle : « Que voulez-vous faire de moi ? lui dis-je ; si ma position était semblable à celle de tout autre homme qui se voit enlever la femme qu'il aime, j'écouterais vos avis, je

suivrais vos conseils ; mais désho-
noré avant de naître, apprenant tout
à coup que je suis le rebut du genre
humain, forcé de m'éloigner, de me
séparer pour toujours de tout ce qui
m'était cher... que voulez-vous que
j'entreprenne ? quel sera mon but
maintenant ?... vous me proposez le
parti des armes ; c'est le seul qui me
convienne, peut-être y trouverai-
je la mort... mais si elle trompait
mon attente... s'il fallait vivre.... je
n'ai pas même le droit de prendre
un nom, puisque le premier venu
est en droit de me le disputer.

« Mais si je vous offrais le mien,
me dit madame d'Arberg, refuse-
riez-vous de le porter, et de me re-

garder comme votre meilleure amie?
—Oui, je vous refuserais : une femme
déjà m'a trompé. Madame de Saint-
Séverin ne m'a-t-elle pas promis de
me servir de mère? et c'est au moment où elle me prodiguait les ex-
pressions de sa tendresse qu'elle
m'a précipité dans l'abîme du malheur. N'aurait-il pas mieux valu que,
le jour où je fus confié à ses soins,
elle m'apprît l'affreuse vérité? Je me
serais habitué à mon sort; j'aurais
vécu dans la retraite; sa fille n'eût
été qu'une sœur pour moi , et au
moment où je me serais aperçu de
ma passion, j'aurais fui. Mais, loin
de là, elle a flatté, augmenté mes
plus secrètes espérances; tout devait

me faire croire qu'elle me destinait
sa fille....

« Mais qui vous dit , interrompit
madame d'Arberg, que vous en êtes
séparé pour toujours?... — Qui me
le dit?... Comment , madame , vous
voudriez qu'un vil bâtard unît son
sort à celui de l'ange que je révère
plus encore que je ne l'idolâtre...
Non ! madame de Saint-Séverin m'offrirait sa fille dans cet instant , que
je la fuirais. Le crime de mes parens
est retombé sur ma tête , je dois en
supporter tout le poids; je suis venu
dans le monde pour y vivre seul ,
je n'ai pas un lien qui m'y attache.
Je craindrais de connaître ma mère !
ne suis-je pas une honte pour elle?...

Cependant, madame, ajoutai-je avec
un sourire amer, je ne me tuerai pas,
je dois vivre. Il y a dans le suicide
une teinte de lâcheté qui révolte
mon âme, et tant misérable, tant
abject que je sois à mes yeux, aux
vôtres, peut-être, il me reste pourtant assez d'honneur et de courage
pour me faire supporter la vie, telle
qu'elle puisse être.

« Je partirai, je serai soldat, je con-
serverai le nom d'Hermann; c'est le
seul que je veuille, que je puisse
porter. — Non, Hermann, vous ne
partirez pas ainsi; vous ne refuserez
pas la fortune que vos parens ont
placée pour vous. — Ah! ne me
parlez jamais de cela; je rejette leurs

dons, je ne veux, rien d'eux.; la vie
qu'ils m'ont donnée est déjà un assez
lourd fardeau pour moi. Je veux
pourvoir seul à mes besoins. Le seul
mérite de ma situation est la liberté ;
j'en profiterai...

« — Arrêtez, Hermann , s'écria
madame d'Arberg ; votre projet m'é-
pouvante ; n'avez-vous plus d'affection pour personne ? oubliez-vous
qu'Hélène vous aime ? que voulez-
vous que je lui dise, lorsqu'elle me
demandera son frère, son ami ? Pre-
nez un parti plus raisonnable, je
serai la première à l'approuver ; mais
vous ne pouvez refuser, sans être
arrivé au dernier degré de la folie,
une fortune qui vous est légitime-

ment acquise. Habitué comme vous l'êtes depuis votre enfance à une grande aisance, vous ne pourrez supporter une existence de privation ; vous ignorez , mon ami , quelle cruelle épreuve vous vous préparez. Vous voulez être soldat ; mais avez-vous bien réfléchi qu'il faudra soumettre vos idées, vos moindres désirs à la volonté d'un maître dur et inflexible ? Au-dessus de lui par vos connaissances et votre éducation , il vous faudra aveuglément obéir à ses ordres souvent absurdes et tyranniques. Réfléchissez , Hermann ; dans quelques jours, lorsque vous serez plus calme , nous reparlerons de tout cela.

« — A présent, ou jamais, dis-je vivement; je suis las de faire dépendre ma destinée des conseils et de l'approbation du monde; je veux être soldat, non par choix; que m'importe le parti que je prendrai? croyez-vous que je puisse réfléchir aux suites qui en résulteront pour mon avenir? Quel que soit mon sort, je ne puis être que malheureux. Vous me parlez d'Hélène; hélas! je ne dois plus désirer que d'en être oublié!... Ah! madame, est-ce bien moi qui forme un vœu semblable? n'est-ce pas vous faire connaître que je ne puis plus concevoir ni espoir ni bonheur? » En achevant ces mots, je laissai tomber ma tête dans mes

1.   4

mains ; des larmes de regret , de
honte et de douleur s'échappèrent
de mes yeux , et aujourd'hui que
tant d'années ont passé sur ces émotions , je sens encore couler ces
larmes, elles inondent cette page
que là plume se refuse à terminer.

. . . .

~~~~~~

CHAPITRE VI.

Si les femmes n'ont pas toutes
les vertus, elles en ont du moins
plus que les hommes ; elles ont
plus de courage qu'eux dans
leurs malheurs, plus de stabilité
dans leurs sentimens, plus de
profondeur dans leurs affections,
et plus d'héroïsme dans leur dévouement.

QUELLE triste expérience que celle
du malheur ! mais aussi avec quelle
rapidité elle forme le cœur et nous

donne la mesure de nos forces ! Habitué comme je l'avais été à suivre
la direction que mes maîtres et plus
tard madame de Saint-Séverin vou-
lurent donner à mes idées, je me
croyais presque dépourvu d'énergie;
car je ne pensais et n'agissais que
d'après eux ; j'étais pénétré de l'idée
que je ne pourrais pas supporter une
existence malheureuse : le moment
était venu ; pourquoi ne l'avouerais-
je pas ici? j'avais faibli d'abord ;
mais le moment de reprendre l'énergie qui convient à toute âme noble
était arrivé. Je ne puis mourir,
voilà la pensée que je puisais dans
ma conscience ; voilà la loi qu'elle
me dictait ; et quelque dure que fût

cette loi, je devais m'y soumettre,
et me condamner à vivre. Cependant
il fallait me séparer d'Hélène ; et
cette détermination une fois prise
me rendait tout facile.

Je pouvais tout supporter puisque
je consentais à vivre loin de celle que
j'aimais. Il y a quelque chose de si
infiniment douloureux dans la destinée d'un être que la société rejette
presque en naissant! Inconnu, étranger même à sa mère, qui voudra l'aimer, puisque le premier, le plus su-
blime sentiment de la nature lui a été
refusé? et avec une âme semblable à
la mienne, qui pourra comprendre
les tourmens que l'avenir me pré-
parait? Pour moi je les devinais tous

d'avance, et dans l'instant où le découragement s'emparait de moi, je
me répétais de nouveau, je ne dois
pas mourir !... Il fallait voir M. de
Saint-Clair pour tâcher d'obtenir de
lui quelque connaissance de ma véritable situation.

En arrivant chez lui on me dit
qu'il était parti, et que son voyage
serait de longue durée; je revins
tristement sur mes pas, non que je
voulusse trouver près lui des consolations, ou lui demander des conseils; je ne voulais, après l'avoir in-
terrogé sur le passé, que lui annoncer
la détermination où j'étais de me
faire soldat. Il s'y serait opposé, je
le savais; mais telle était l'irritation

de mon esprit, je me sentais le besoin de me trouver en opposition
directe avec quelqu'un. Arrivé à la
porte de madame d'Arberg, dont la
maison était devenue mon seul asile,
je la trouvai qui rentrait de son
côté. Elle me remercia d'être revenu
si promptement. « Je ne l'ai pas trouvé, lui dis-je, et je serai bien loin
lorsqu'il reviendra...» Madame d'Arberg ne répondit point; mais elle
me donna la lettre suivante, que je
lus avec avidité, car je reconnus
l'écriture d'Hélène :

Lettre d'Hélène à Hermann.

> J'ai toujours remarqué que c'étaient ceux qui affectaient le plus la grandeur dans les manières, qui en portaient le moins le sentiment dans l'âme.

« Tu m'as quittée, nous ne nous verrons plus!... Ah! Hermann, est-ce là le bonheur que nous nous promettions? Sommes-nous vraiment séparés pour toujours? Ma raison et mon cœur ne peuvent pas croire à un malheur aussi grand, car il surpasserait mes forces et mon courage...

« Non, mon unique ami, le ciel

est juste et ne peut nous punir
d'une faute dont nous sommes inno-
cens. Tu n'obéiras pas à ma mère,
tu n'exécuteras pas des projets dont
la seule idée trouble presque ma
raison ; cher Hermann ! tu n'aban-
donneras pas ton Hélène ; tu n'essaie-
ras pas de l'oublier , tu ne lui ordon-
neras pas de te bannir de son cœur;
ah! ce serait bien en vain ; elle ne
pourrait t'obéir. Songe, avant de for-
mer un tel dessein, que nous sommes attachés l'un à l'autre par tous
les sentimens qu'a dû faire naître
une intimité qui date de l'enfance.
Je consens à n'être jamais ta femme;
mais je ne puis renoncer à n'être
plus ta sœur, à ne plus te voir, à

n'être plus le premier objet de tes
soins et de ta tendresse.

« Non, tu ne pourras pas exécuter sans mourir l'affreuse résolution
d'abandonner ta première amie, ton
élève chérie. Si tu veux partir, si
je ne dois plus te revoir, ne me ré-
ponds pas; car que pourrais-tu me
dire? tu tenterais en vain de me
consoler, et il n'y aurait pas d'indulgence pour toi dans ce cœur que
tu déchirerais.

« Je croirais que tu es semblable
à ces hommes dont la légèreté et
l'insensibilité me paraissaient in-
croyables; tu me forceras à croire
au mal, tu me donneras la certitude que l'ingratitude et la perfidie

peuvent exister dans le cœur humain. Dans le tien... ah ! Hermann, non, cela n'est pas possible.

« Quand même tu m'abandonnerais, je ne pourrais te mépriser. Ton âme si noble, si élevée, ne peut que s'égarer, s'exagérer son devoir; voilà ce que je crains, et voilà ce que ton Hélène veut empêcher.

« Adieu, mon bien-aimé frère! adieu; tu sais que le bonheur ne peut exister sans toi pour ta triste et malheureuse Hélène. »

« Cette lettre me tue, madame, m'écriai-je; qu'avez-vous fait ? — Vous ne devez pas partir, Hermann; votre tante, touchée par les larmes

de sa fille, consent à vous voir encore; vous allez revenir près d'elle...
— Et j'y reviendrais pour achever
de séduire sa fille! j'y reviendrais
pour porter le trouble dans sa maison, pour m'y nourrir d'un poison
qui me tue! Croyez-vous, madame,
qu'en allant vivre de nouveau près
d'elle, je serai plus maître de moi-
même, je saurai mieux dissimuler
mon amour? non, ce serait au-dessus de mes forces; je préfère me
condamner à tous les tourmens loin
d'elle, que de me rendre méprisable
à mes propres yeux. Cette lettre ne
peut rien changer à ma destinée;
elle rend, sans doute, l'exécution
de mes projets plus difficile et plus

douloureuse ; cependant je les ac-
complirai. Je vais répondre à cette
lettre. »

Je rentrai dans ma chambre en
achevant ces mots. Je fus long-
temps incertain sur ce que j'allais
dire ; qu'on ne s'en étonne pas : car
quel est l'homme qui ne frémit pas
lorsqu'il est sur le point de renoncer
volontairement à son bonheur ! Mon
parti irrévocablement arrêté, j'écrivis à Hélène et à sa mère la lettre
suivante :

Hermann à madame de Saint-Séverin.

> Il semblerait que la nature a
> créé l'âme humaine pour en faire
> le dépôt général de toutes ses
> horreurs.

« Bien des jours se sont écoulés,
Madame, depuis le moment où votre
sévère *justice a cru devoir me bannir
de votre présence.* Je ne murmure
pas de votre extrême rigueur ni de
votre entier abandon; je sais que
vous avez cru vous devoir à vous-
même d'expulser un malheureux
qui, comblé de vos bontés, a osé
prétendre au-delà de ce que vous
pouviez lui accorder. Ma faute a été

grande, je le sais; mais la punition est proportionnée à l'offense.

« Je pars, et j'ignore où ma triste destinée s'accomplira. Le hasard guidera mes pas; la tache de ma naissance ne me permet d'aspirer à rien, et je ne désire que m'ensevelir dans la plus profonde obscurité. Il me reste une dernière prière à vous faire; je compte, en vous l'adressant, sur la bonté de votre âme... Votre fille m'a écrit. Guidée par une tendre pitié pour son ami malheureux, elle a cru lui devoir une dernière consolation; ne lui en veuillez pas, ménagez sa sensibilité; dans peu de temps elle obéira à vos ordres, et oubliera un infortuné qui doit lui être à jamais étranger.

« Je lui écris ; ah ! de grâce, re-
mettez-lui ma lettre ; c'est un dernier adieu. Craignez de la déses-
pérer ; elle m'aime, c'est vous qui
l'avez voulu. Notre séparation l'a
déjà accablée de douleur ; ne portez
pas le découragement dans cette
âme si tendre et si sensible, ne dé-
truisez pas en elle cette confiance
qu'une fille doit à sa mère.

« Accablez-moi de vos reproches,
de vos mépris même ; je mérite tout,
j'ai osé aimer Hélène, j'ai osé le lui
dire. Pardonnez à votre fille, et con-
solez-la, car je connais son cœur ;
Hélène est aussi à plaindre que le
malheureux Hermann. »

A Hélène.

Les femmes sont nées pour plaire et non pour souffrir ; on leur reproche la coquetterie , c'est reprocher aux roses leur charme.

« Oui, mon unique amie , il faut nous séparer pour nous conserver dignes l'un de l'autre. Un impérieux devoir a parlé ; nous devons nous y soumettre sans murmurer contre la Providence qui nous punit. Nous nous séparons , mais ce n'est pas pour toujours ; notre passage sur cette terre de douleur sera court, et nous nous retrouverons pour ne

plus nous quitter. Mon âme va rester
près de toi; nous ne devons pas re-
tarder le moment de notre séparation terrestre; car de jour en jour
elle deviendrait plus douloureuse à
accomplir.

« Je ne chercherai pas à excuser
ce que tu appelles mon abandon; car
tu ne peux croire que je sois léger
et inconstant, et tu ne mépriseras
pas ton frère parce qu'il a le courage de renoncer au seul bonheur
qu'il eût pu espérer sur la terre.
Tu obéiras à ta mère, qui t'aime si
tendrement, et qui doit te séparer
d'un homme qui ne peut t'appartenir. C'est pour ton bonheur qu'elle
t'a ordonné de m'oublier, et si mes

prières ont encore quelque pouvoir
sur toi, je te supplie à genoux de
bannir mon image de ton cœur.

« Pense à moi, mais seulement
comme à un ami perdu pour toujours ; la mort ne peut mettre une
barrière plus insurmontable que
celle qu'une faute ineffaçable a élevée entre nous. Tu es née pour em-
bellir le monde, et moi pour en être
ignoré. Il est cependant en ton pouvoir de me rendre un peu au bonheur ; soumets-toi à notre destinée,
et oublie que pendant un temps nous
avons formé d'autres projets et d'autres vœux... Adieu, Hélène... Adieu
pour toujours. »

Ce ne fut pas sans peine que j'a-

chevai ces lettres, et je ne sais encore comment il pouvait me rester
assez de courage pour faire ainsi abnégation de moi-même. Mon cœur
était déchiré; j'entassais pour ainsi
dire les sacrifices; je multipliais mes
douleurs, parce que je me figurais
qu'elles amèneraient la fin de ma
vie, Hélas! que je connaissais peu le
cœur humain et toutes les forces que
le ciel m'avait données pour souffrir! je devais passer par bien des
épreuves, et celles-là n'étaient que
le prélude de plus grands maux.

CHAPITRE VII.

> Il y a plus de mérite à entrer
> de vive force dans le sentier de
> la vertu qu'à n'en jamais sortir,
> et pour publier ses fautes à la
> face de l'univers, il faut être bien
> certain d'avoir acquis le pouvoir
> de n'en plus commettre.

Le jour commençait à paraître;
c'était le dernier que je devais passer
à Paris. Quelle que soit la résolution

que l'on ait prise, il semble que
pour certains esprits le courage que
l'on veut employer pour l'exécuter
s'augmente, loin de diminuer, à la
vue de la difficulté ; c'est du moins
ce que j'éprouvais dans ce moment,
l'un des plus douloureux de ma vie.

Je balançais si je ferais mes derniers adieux à madame d'Arberg, ou
si je partirais sans la voir. Lorsqu'on
est dominé par une grande passion,
on calcule mal les convenances ; j'é-
tais reconnaissant de ses bontés, mais
je craignais d'avoir de nouveaux
combats à supporter, et mon courage me devenait nécessaire à conserver. Elle m'aurait demandé ce
que je voulais faire, et je l'ignorais ;

je sentais seulement que je devais partir.

Quant au reste, une fois éloigné, j'aurais toujours bien le temps d'y réfléchir. Je n'avais que cent louis pour toute fortune; madame de Saint-Séverin m'avait renvoyé mes effets, et j'avais retrouvé cette somme dans mon nécessaire ; je pouvais la re-garder comme à moi, c'était le fruit de mes économies. Cent louis étaient peu de chose ; mais avec cela je pou-vais attendre encore , et le plus pressé à mes yeux était de m'éloigner d'Hélène. Il fallait qu'elle m'oubliât, et l'aurait-elle pu, si elle m'avait su malheureux près d'elle? Une grande distance entre nous devenait nécessaire ; c'était lui enlever pour jamais l'espoir de me revoir.

Tout en réfléchissant , je faisais un paquet des effets que je voulais emporter avec moi ; il fallait feindre plus de tranquillité que je n'en avais montré jusqu'alors ; j'envoyai mes lettres à la poste , et je descendis chez madame d'Arberg.

En ouvrant la porte , le son d'une voix trop bien connue frappa mon oreille : je voulus fuir, il n'était plus temps; Hélène m'avait vu , et elle était dans mes bras avant que j'eusse pu faire un pas pour l'éviter. Je la pressai contre mon cœur avec un ravissement inexprimable ; c'était pour la dernière fois. Mon bonheur ne fut que de peu de durée ; Hélène était seule ; elle avait donc fui sa mère pour venir me trouver , et toutes les suites de cette démarche inconsidérée se présentèrent en foule à mon esprit.

« Ah ! qu'avez-vous fait ? lui dis-je. Est-ce ainsi que nous devions nous revoir ? est-ce sans l'aveu de votre mère que vous êtes ici ?

«—Me blâmeriez-vous si cela était?

« — Et pourriez-vous m'estimer encore si je vous approuvais ?

« —Tu as cessé de m'aimer, Hermann, je le vois ; je ne suis venue que pour entendre cet aveu de ta bouche, et pour savoir de toi-même si tu consens à être oublié. —Oui, Hélène ;

I.   5

oui, j'y consens. Je crois également
indigne de vous et de moi de vous
jurer que l'amour que j'ai eu pour
vous a pu s'effacer de mon cœur;
vous savez que votre entière posses-
sion a été le plus ardent de mes désirs; mais je ne veux pas la devoir à
un crime, et vous ne devez pas,
non, vous ne pouvez pas être à moi.
— Eh bien! c'est ce que je voulais
entendre de votre bouche. Au mépris de tous vos sermens, vous allez
m'abandonner, et vous osez me dire
que vous le devez... Ah! ne couvrez
pas votre inconstance du voile de
l'honneur : l'honneur t'oblige aussi
à tenir les promesses que tu m'as
faites. Est-ce la vaine improbation

du monde que tu crains? nous le
fuirons... Tu ne connaissais pas le
cœur d'Hélène; j'ignorais moi-même
ce qu'il pouvait être, égaré par la
passion...

« Ah ! ne me repousse pas, s'é-
cria-t-elle en voyant que j'allais l'interrompre ; tu ne sais pas à quel
excès de désespoir tu pourrais me
porter. — Et votre mère, pourriez-
vous l'abandonner?—Ma mère ! n'a-
t-elle pas la cruauté de me séparer
de toi?—Mais elle est ta mère, malheureuse Hélène ! et une passion in-
sensée et coupable peut-elle te faire
oublier tous ses droits...?—Je suis
prête à tout quitter pour toi. —
Non, Hélène, tu ne peux me croire

capable d'accepter de tels sacrifices.
— Serais-je ici, si j'avais pu croire
que tu le refuserais ? — Hélène ! ma
sœur, rappelle ta raison ; est-ce donc
là de l'amour ?... pourquoi t'ai-je
revue ?... Madame d'Arberg, emme-
nez-la ; je ne puis l'entendre plus
long-temps ; car un instant de plus,
et je l'entraîne avec moi dans un
abîme de misère et d'ignominie.

« Ma fuite peut nous sauver ; Hélène, tu me rendras justice, tu sen-
tiras plus tard que pour être digne
de l'amour que tu avais pour moi,
je devais te fuir... Adieu... » En
achevant ces mots, je m'arrachai des
bras de mon amie éplorée, et je
sortis en désordre de la maison.

J'errai pendant long-temps dans les rues de Paris; enfin j'arrivai sur les quais, et de petites voitures, partant pour Versailles à toute heure, frappèrent mes regards; je montai dans l'une d'elle, et donnai l'ordre au conducteur de partir. A l'instant même je fus obéi, et j'arrivai à Versailles sans avoir senti renaître le calme dans mes sens.

CHAPITRE VIII.

Exécrable, barbare nature ! je
profiterai du moins du peu de
temps que tu m'as donné pour
signaler tes forfaits : tu crées les
roses et les femmes, et les flétris-
sant aussitôt, tu n'accordes qu'une
matinée aux unes, une saison aux
autres.

PENDANT plusieurs jours je ne pus
me rendre compte de ce qui m'arriva. Insensible à tout , je sentais

seulement que je souffrais, et je ne fus tiré de ma douloureuse réflexion que par le maître de l'auberge qui ouvrit ma porte, et introduisit un homme âgé, d'une figure respectable, qui me remit une lettre. Je voulus d'abord la refuser, je n'en connaissais pas l'écriture ; cependant je finis par la lire, car il fallut céder aux vives instances, ou plutôt échapper aux importunités de l'homme qui me l'avait remise.

En voici le contenu :

A Hermann.

Le mérite est ce que l'on pardonne le moins ; la perversité, ce que l'on tolère le plus.

« J'ai admiré votre courage et votre noble détermination, mon jeune et malheureux ami ; vous êtes sorti victorieux de toutes les épreuves, et quelles épreuves encore ! Mon cœur saigne en pensant à la douleur que vous devez éprouver dans cet instant ; mais songez qu'une amie bien sincère gémit avec vous, et qu'elle partagera toujours toutes vos peines.

« Votre naissance n'est pas un mystère pour moi ; mais liée par un serment sacré , je ne puis parler. Depuis votre enfance j'ai veillé sur vous , non que la nature m'en donnât le droit ; mais c'est dans mes bras que votre malheureuse mère vous a déposé au moment de votre naissance, et j'ai pris l'engagement de la remplacer près de vous.

« Vous deviez partir ; j'avais tout prévu. Je vous envoie un brevet de lieutenant au service de Russie ; la distance qui vous séparera d'Hélène vous paraîtra immense ; mais ne devez-vous pas la désirer, et ne savez-vous pas que votre volonté doit vous éloigner encore plus d'elle ?

« Cependant, cher Hermann, ne désespérons pas de l'avenir ; le bonheur est souvent plus près que nous ne le supposons. Vous ne vous laisserez pas abattre ; car le découragement est indigne d'une âme telle que la vôtre. Vous réaliserez tout ce que j'attends de vous ; je dois en être convaincue.

« Vous êtes attendu et vivement recommandé dans le régiment où vous allez entrer, et vous devrez l'accueil que vous recevrez plus à la justice qu'à la faveur. Ne soyez pas étonné de ce que je vous dis, et n'interrogez personne sur le mystère qui vous environne, et moins encore l'homme qui vous remettra

cette lettre. Vous le garderez près
de vous comme domestique : c'est
un ancien serviteur de votre famille,
et sans désobliger des parens qui
s'intéressent à vous, vous ne pouvez
le renvoyer.

« Cet homme, avec cette lettre et
votre brevet, vous donnera 3,000 fr. :
vous toucherez une pareille somme
tous les mois ; elle vous est légiti-
mement due ; ce n'est point un don,
ni un prêt, et il y aurait plus que
de la folie à la refuser ; d'ailleurs à
qui la renverriez-vous sans vous
compromettre et sans divulguer un
secret qui vous est inconnu en partie ?

« Un jour vous connaîtrez toutes
les particularités de votre histoire ;

dans ce moment, cette narration ne vous offrirait que de nouveaux sujets de chagrins sans consolations.

« Attendons un temps où vous serez plus calme, et contentez-vous de savoir que vous avez en moi une amie tendre, dévouée, qui veillera à votre bonheur, à celui d'Hélène. Adieu; ne me répondez pas; vous ne me devez nul remercîment : ce que je fais pour vous vous est dû. »

F^e D'ARBERG.

Cette lettre était écrite en allemand, langue qui m'était familière depuis mon enfance. Je la relus plusieurs fois; elle me jeta dans un si grand étonnement, que je fus long-temps sans reprendre le cours de mes idées ; je croyais presque que c'était un rêve. Enfin je levai les yeux, et je rencontrai les regards de l'homme qu'on m'adressait comme domestique.

Ce regard était si suppliant, que je lui tendis involontairement la main ; il la prit, et la porta à ses lèvres, en murmurant les mots de *mon cher maître.*

« Qui êtes-vous ? lui dis-je d'une voix émue. —Je me nomme Albert, répondit-il, et je pense que Monsieur voudra bien m'agréer pour le servir. — Me servir !... savez-vous si je suis en état de vous récompenser de vos peines ?... Je voulais vivre seul, m'écriai-je avec véhémence; quel est donc le malheur qui me poursuit ? Je ne puis obtenir pour unique grâce d'être entièrement abandonné à moi-même. Sortez, Albert, je refuse vos services; je refuse les bienfaits que l'on veut répandre sur moi. Si des parens, qui m'ont été si long-temps inconnus, veulent maintenant s'occuper de mon avenir, dites-leur que je refuse tout, que je maudis le moment où ma mère m'a donné le jour, et que je ne désire plus que la mort. b si je tombai sur une chaise dans cet instant; les violentes émotions que j'avais éprouvées depuis plusieurs jours avaient bouleversé ma santé;

une fièvre ardente se déclara ; le plus affreux délire s'empara de tous mes sens; il ne me laissait de repos que pour m'abandonner de temps en temps à un sommeil presque lé-thargique. Je fus près d'un mois dans cet état désespéré, entre la vie et la mort. La nature, si puissante à mon âge, triompha de la maladie. Lorsque je pus voir et distinguer autour de moi, je me trouvai cou-ché, et retenu dans mon lit par de forts liens qui entouraient mes bras et mes jambes ; j'étais dévoré par une soif ardente. J'appelais Hélène; hélas ! c'était l'ange que je devais in-voquer toujours en vain. Un homme s'approcha : « C'est Hélène que je

veux, dis-je d'une voix faible... — Il
est toujours dans le délire, dit une
femme vêtue de noir, dont je ne
pouvais apercevoir la figure; Albert,
je vais le faire boire. « Elle me souleva la tête; j'ouvris les yeux; mais
soit faiblesse de ma vue, soit l'obscurité qui régnait dans la chambre,
je ne pus rien distinguer.

Tous mes malheurs se retracèrent
alors à ma mémoire; je poussai un
profond gémissement, et ma tète retomba en arrière. — Il se meurt!...
Ah! Dieu, il se meurt; Albert, n'ai-
je donc plus d'espoir de le sauver!... »
Et je me sentis pressé dans les
bras d'une femme dont la voix m'é-
tait tout-à-fait inconnue; mais en

prononçant ces mots, l'accent en était si pénétrant et si douloureux, qu'il me rappela des portes du tombeau. J'entrevis alors une forme presque aérienne; on eût dit celle d'un ange : cette vue me sembla réveiller un sentiment dans mon âme, et un peu de calme vint enfin succéder à mon agitation.

Je ne me sentais pas la force de parler; seulement ma main saisit la main qu'on avait posée sur mon cœur, peut-être pour en compter les derniers battemens; je la serrai doucement ; j'essayai même de la porter à mes lèvres : on voulut s'éloigner, je m'y opposai. « Ah ! restez, dis-je ; restez, ange du ciel !

n'abandonnez pas le malheureux
Hermann. » Ce nouvel effort épuisa
le peu de forces qui me restaient, et
je tombai dans un sommeil plus
doux et moins agité.

En me réveillant, je me sentis ra-
fraîchi et calmé ; mon premier mouvement attira Albert à mes côtés ; il
me donna à boire. « Êtes-vous seul ?
lui dis-je. — Oui, monsieur. — Où
est la dame qui était tout à l'heure
avec vous ? — Elle n'est plus ici,
Monsieur. — Qui est cette femme,
Albert ? — Je ne puis vous le dire,
je ne le sais pas, répondit Albert en
hésitant ; mais vous avez tort de
parler, Monsieur ; il faudrait garder
le silence, et tâcher de prendre du

repos; il vous est si nécessaire! —
Je suis donc seul de nouveau? —
Monsieur ne doit-il pas compter sur
un vieux serviteur qui lui est entièrement dévoué , et voudra-t-il
encore me bannir d'auprès de lui?
— Non, non, mon ami! j'avais tort;
je sens à présent que j'ai besoin de
m'entourer d'êtres qui m'aiment!

« Hélas! j'ai tout perdu, et tu me
resteras seul. Mais, Albert, qui était
cette femme?... quel est l'intérêt
qui l'amenait près d'un malheureux
qui allait expirer?—Que demandez-
vous? interrompit cette voix que je
désirais tant d'entendre, je ne puis
rien vous dire de moi, je laisse à
votre cœur à deviner qui je suis.

« Mais, mon Hermann! croyez une
bien tendre amie ; je vous aime, et
ne veux que votre bonheur ; le sacrifice de ma vie ne me coûterait
pas s'il pouvait l'assurer. Écoutez-
moi, ajouta cette femme, ne m'interrompez pas ; pour votre tranquillité, vous devez suivre de point en
point tous les avis qui vous ont été
donnés par madame d'Arberg.

« —Je ne le puis.—Ah ! de grâce,
ne m'interrompez pas. Que voulez-
vous devenir ? vous n'avez pas vingt-
deux ans ; à votre âge il ne peut
exister de douleur éternelle. La car-
rière des armes vous est ouverte,
suivez le chemin qui vous est tracé :
par là seulement vous pouvez en-

core espérer de vous rapprocher
d'Hélène. — Ma naissance m'en sépare à jamais. — Non , Hermann ;
non , mon ami ! cette tache n'est
point ineffaçable : vous saurez mériter un nom par votre courage.
Partez ; ne rendez pas mes sacrifices
inutiles ; pour vous sauver j'ai tout
quitté. Elle vous aime , celle qui
vous parle ; je puis vous le dire au
pied de ce lit de douleur. Vivez ! Ne
ferez-vous rien pour moi, mon fils…?
— Vous êtes ma mère!… pourquoi
me cacher vos traits ? — Que t'im-
portent mes traits ? ne connais-tu
pas ma tendresse ? » Je sentis des
larmes brûlantes inonder mon visage; j'oubliai dans ce moment tout

ce que j'avais souffert. Pressé pour
la première fois dans des bras ma-
ternels, je fus heureux pendant un
instant.

— Hélène ! m'écriai-je, Hélène est-
elle perdue pour toujours ? — Non,
mon fils ! vous vous reverrez ; mais,
pour cela, il faut partir, il faut vous
rendre digne d'elle. — Eh bien ! je
m'abandonne à vous, ma mère ; je
partirai, je ménagerai mes jours ;
mais vous vous ferez connaître entièrement, et vous me rendrez l'amie
de mon cœur ! — Hermann, je compte
sur votre promesse ; vous devez croire
que je ne veux que votre bonheur.
Il faut nous séparer, mon fils, mon
unique bien. Adieu, un impérieux

devoir me rappelle. Adieu, Albert ;
je vous le confie, veillez sur lui, ne
le quittez jamais. »

A ces mots, ses lèvres pressèrent
les miennes avec plus de force ; elles
semblaient s'en détacher avec effort.
Bientôt ma mère avait disparu.

Cette scène se passa encore plus
rapidement que je ne puis la retracer ici. Je restai seul : la profonde
douleur qui déchirait mon âme était
calmée. Les assurances que ma mère
m'avait données me rattachèrent à
l'existence ; je recommençai à en-
visager l'avenir sans effroi, un rayon
d'espérance venait de luire dans mon
âme.

Je l'ai déjà dit, mon imagination

était active ; l'éducation qu'on m'a-
vait donnée m'avait rendu romanes-
que. Il ne me resta bientôt de ma
maladie qu'une grande faiblesse ;
les soins dont on m'entourait me ré-
tablirent promptement, et quinze
jours suffirent pour me mettre en
état de commencer mon grand
voyage.

~~~~~~

CHAPITRE IX.

Si l'ambition de la gloire mi-
litaire est vaine et barbare, celle
de l'or et des honneurs est ex-
travagante ; on ne satisfait l'une
qu'aux dépens de son cœur, l'autre qu'aux dépens de sa tête.

Je ne chercherai pas à retracer les
impressions nouvelles que je reçus :
mon esprit et mon cœur étaient en-

1.   6

core occupés de douloureux souvenirs; je ne pouvais donc faire nulle
remarque intéressante. Si chaque
soir Albert ne m'eût averti qu'il fallait prendre du repos, je n'y eusse
jamais songé. Mes yeux erraient sur
cette longue route qu'il fallait par-
courir; j'aurais voulu abréger un
voyage aussi fatigant, et mon impatience eût fait croire à un indifférent qu'à Saint-Pétersbourg seulement j'espérais trouver la fin de mes
peines.

Le changement m'était cependant
nécessaire, il calmait mon agitation
morale : l'idée d'Hélène seule adou-
cissait quelquefois ma douleur; mais
souvent lorsque dans le peu d'instans

de repos que la fatigue me forçait à prendre, elle se présentait à mes yeux, telle que je l'avais vue pour la dernière fois, m'accusant de ne l'avoir jamais aimée, le désespoir s'emparait de nouveau de mon cœur, et j'eusse donné la moitié de mon existence pour la revoir encore une fois, et l'assurer que jamais je ne l'avais plus aimée. En arrivant à Berlin, on me remit une lettre de ma mère; cette lettre n'était point signée; il y régnait un vague si mystérieux, que, loin de me rassurer, il augmenta encore ma crainte. Tantôt je me représentais Hélène mourante; plus souvent je la voyais l'épouse d'un autre; je ne savais ce que je devais le plus redouter. « Ah! qu'elle vive! m'écriai-je, qu'elle vive et qu'elle m'oublie! que je sois ici-bas le seul malheureux! »

Combien les devoirs que l'honneur m'imposait me paraissaient difficiles à remplir! Encore affaibli par la longue maladie dont j'étais à peine rétabli, je fus sur le point de retomber dans le même état; je gardais presque toujours le silence, ou je ne l'interrompais que par des exclamations sans suite et sans ordre; mes idées se confondaient dans mon imagination, et je ne savais ni ce que je voulais, ni ce que je devais penser. Albert m'adressait rarement la parole, il se contentait de me surveil-

ler en silence. Je rencontrais son regard fixé sur moi avec anxiété, et
je me reprochais alors d'affliger l'être
qui s'était dévoué à moi, et de m'a-
bandonner à un égarement indigne
d'un homme.

C'est ainsi que se passa le voyage,
et nous arrivâmes enfin à Saint-Pétersbourg. A peine descendu de voiture, on me remit un paquet de
lettres; on jugera facilement, en les
lisant, de l'effet qu'elles durent produire sur moi.

Mme. d'Arberg à Hermann d'Arberg.

> L'envie est en même temps le
> plus noir de l'âme et le cachet
> qui porte le mieux l'empreinte
> de sa bassesse.

« Je ne sais par où commencer ma lettre, mon cher Hermann ; comment recevrez-vous la nouvelle que j'ai à vous annoncer, et dans quel état vous trouvera-t-elle? Si j'en dois croire la dernière lettre d'Albert, vous êtes plus abattu que jamais ; comment aurez-vous la force de supporter le malheur qui vous reste à apprendre ?

« Mon ami, recueillez toutes les

forces de votre âme : Hélène n'existe plus pour vous, sa main est donnée à un autre ; elle a dû accomplir ce sacrifice pour obéir à sa mère ; votre amie a fait ce que le monde exigeait d'elle. Tant· que ma fille eût été libre, me disait ce matin madame de Saint-Séverin, je n'aurais pas eu un moment de tranquillité, et pour la séparer d'Hermann, j'ai dû employer toute mon autorité. Dites cependant à ce malheureux jeune homme que j'estimais assez son caractère pour croire qu'il n'eût pas souffert qu'Hélène s'écartât de son devoir ; mais, à son âge, peut-on toujours répondre que la passion ne nous entraînera pas plus loin que

nous ne le voulons et que nous ne
le croyons ?

« Mon cher Hermann , je ne vous
cacherai pas ce que je pense : je suis
intimement convaincue que vous
n'auriez pas trouvé le bonheur dans
votre union avec Hélène. Quelle légèreté de caractère elle a montrée
dans cette circonstance ! Ah ! si à
son âge j'eusse aimé un être tel que
vous, il m'eût fallu plus de quatre
mois pour me faire consentir à
m'unir à un autre ; il m'eût fallu
être sûre que ma détermination
n'eût pas fait le malheur de votre
vie. Si elle eût mis un peu plus de
fermeté dans ses refus, peut-être
madame de Saint-Séverin eût-elle

cédé. Eh ! quelle est la mère qui ne se laissera pas fléchir lorsqu'il s'agit du bonheur ou du malheur de la vie de son enfant !

« Hélène n'a que quinze ans, elle vous oubliera. Son mari, M. de Lis-tenay, est un fort bel homme; elle l'aimera un jour, et ce jour n'est pas bien éloigné. Pardonnez-moi ! je ne veux pas vous déchirer le cœur ; mais je ne serais pas votre amie, si je ne vous enlevais pas toutes vos es-pérances; car la femme que vous aimiez est perdue pour vous, et vous ne devez conserver pour elle qu'une affection fraternelle. Votre malheureuse mère doit seule vous occuper; c'est à elle que vous devez faire le sacrifice d'un amour devenu sans espoir. Elle a tout fait pour vous assurer un avenir brillant. Vous ne méconnaîtrez pas sa tendresse, et vous ferez tout pour la justifier par votre courage. Adieu, mon cher Hermann ! votre mère ne vous écrit pas ; je n'ai pu refuser à votre cousine de faire partir sa lettre ci-incluse : ce sont ses derniers adieux.

D'ARBERG. »

Hélène à Hermann.

La vanité proportionnelle des
hommes n'est pas la plus mé-
diocre preuve de leur sottise.
On la trouve également établie
sur les marches du décrotoire
comme sur celles du trône.

« Vous m'avez abandonnée, et j'ai
été si long-temps privée de ma raison, que je n'ai pu vous écrire pour
vous ramener à moi, lorsque cette
vérité m'a été confirmée. La certitude que vous ne m'avez jamais aimée m'est restée seule ; aussi, sans
chercher à m'abuser davantage, j'ai
dû obéir à ma mère, afin de vous

forcer à m'accorder votre estime.

« Oui, Hermann, vous étiez l'époux
que mon cœur avait choisi, et c'est
vous qui m'avez condamnée à donner
ma foi à un autre. Ma mère l'exigeait, et ne savait-elle pas pourtant
que vous ne viendriez jamais récla-
mer un cœur que vous aviez repoussé? ne savait-elle pas que vous
sacrifieriez tout à cet impitoyable
honneur, et que vous ne vous écar-
teriez jamais des devoirs que vous
vous étiez imposés? Ah ! si vous
m'eussiez aimée, comme toutes ces
froides considérations vous eussent
peu touché!... auriez-vous eu la force
de me repousser, de vous arracher
de mes bras, lorsque presque expi-

rante je vous suppliais de ne pas
m'abandonner? M'eussiez-vous mé-
prisée? car je l'ai vu, vous avez
rougi de mon abaissement, et vous
m'avez crue dépourvue de délica-
tesse et de pudeur, parce que je ne
me sentais pas la force de vous imi-
ter; l'abnégation de moi-même me
paraissait plus facile à accomplir que
les rigoureux devoirs auxquels vous
m'avez sacrifiée.

« Mais, que dis-je? pourquoi vous
parler du passé? il faut tout oublier,
et si je vous écris encore, ce n'est
pas pour vous rien reprocher, mais
c'est pour vous envoyer un dernier
adieu; c'est pour vous dire que,
quoique vous ayez détruit pour moi

même l'illusion du bonheur, je vous pardonne, et je vous... Non, je ne dois pas tracer ce mot, je dois même l'effacer de mon cœur. Hélène n'existe plus pour vous ; madame de Listenay a contracté l'obligation de tout oublier et de vivre pour un autre que pour Hermann, et cependant il savait que mon cœur était tout à lui. »

CHAPITRE X.

Le besoin d'être juste est le premier de tous les besoins dans une âme vraiment honnête ; il est au-dessus de tous ceux du cœur, il est plus impérieux que le besoin de vivre ; tout dans la nature éprouve les effets de ce besoin, le plus vil des hommes comme le plus grand des mortels, le plus implacable de vos ennemis comme le plus fidèle de vos amis.

Je ne puis exprimer ce que la lecture de ces lettres me fit éprouver. Je fus sur le point de partir

pour la France, afin de prouver à
Hélène qu'elle avait eu tort d'accuser
mon cœur. Une seconde lecture de
la lettre de madame d'Arberg me
retint : tout mon corps frémit en
pensant qu'Hélène vivait pour un
autre, qu'Hélène était perdue à jamais pour moi.

J'entrevis aussitôt l'horrible idée
qu'un complot était formé pour me
séparer de la femme que j'aimais;
on la calomniait près de moi pour
me la faire oublier; sans doute on
m'avait calomnié près d'elle pour
qu'elle m'oubliât.

« Ah! qu'ils me connaissent mal!
m'écriai-je alors; qui, moi, cesser
d'aimer Hélène! Ah! quels que soient

ses torts, quelles que soient les distances qui nous séparent, jamais elle
ne cessera d'être l'unique objet de mes
vœux et de mon amour. Nous nous
aimerons toujours, je le sens; ce
parfait accord de nos âmes ne sau-
rait être rompu; je vivrai loin d'elle,
et chaque battement de ce cœur
brisé lui appartiendra toujours.

« Le ciel ferait plutôt un miracle
pour nous; nous nous retrouverons
encore dans ce monde; sans cette
idée, pourrais-je supporter la vie?
Je ferai tant, que mon nom, illustré
par mes actions, arrivera jusqu'à
elle. Voilà ma dernière espérance;
elle ne me quittera plus, et me ren-
dra tout facile. Pour assurer sa tran-

quillité, j'ai fui jusqu'à l'extrémité
de l'Europe ; je ne m'en repens pas,
car rien ne peut nous séparer, et
malgré les distances, je compte autant sur toi que lorsque, l'un près
de l'autre, nous formions des rêves
de bonheur. Et toi, mère impitoyable, à qui te servira d'avoir déchiré nos cœurs ? tu ne parviendras
pas à les désunir entièrement.

« En vain tu m'as exilé de ma patrie ; tu m'as forcé à vivre seul : l'espoir me reste et ne m'abandonnera
jamais. Non, Hélène ne peut être
entièrement perdue pour moi, je
saurai la mériter ! mon cœur me le
dit, le ciel ne restera pas toujours
sourd à mes vœux ! »

Je repris mes lettres ; je les relus ; je pesais chaque mot ; je m'arrêtais à chaque phrase. Il fallait répondre à Hélène et à madame d'Arberg ; mais je fus plusieurs jours avant d'avoir rempli cette pénible tâche, et plus d'une lettre fut déchirée avant de me décider à envoyer celles qui suivent.

A madame de Listenay.

Accablé sous la voûte du néant, ma pensée ne peut en percer la profondeur pour monter jusqu'au génie.

Je ne chercherai pas à me défendre contre vos injustes inculpations ;

votre âme m'a déjà rendu justice,
j'en suis sûr, et jamais vous n'avez
pu penser que mon cœur ne vous
était pas entièrement dévoué. Moi,
avoir repoussé ton cœur! moi, te
mépriser au moment où tu me faisais tous les sacrifices! Ah! Hélène,
l'as-tu pu croire? quel est le génie
malfaisant qui a pu te donner de
semblables idées?...

« N'as-tu donc pas vu le désordre où
j'étais en te quittant? ne sais-tu pas
que pendant plus d'un mois j'ai lutté
contre la mort? car la douleur que
j'avais éprouvée en te quittant avait
anéanti mes forces et détruit ma
santé. Ah! dans cet instant même,
je ne sais si je pourrai sans mourir

supporter la déchirante certitude de te savoir à un autre.

« Hélène ! Hélène ! avez-vous pu y consentir ? votre main n'a donc pas frémi lorsqu'il a fallu signer l'acte qui nous imposait une éternelle séparation ? Lorsque vous m'accusez presque d'insensibilité , quels reproches n'avez-vous donc pas attendus de moi, qui suis le seul offensé par votre manque de confiance! Vous me pardonnez, dites-vous ; et quel besoin ai-je de votre pardon ? en quoi vous ai-je offensée ? est-ce en m'exilant de mon pays pour assurer votre tranquillité? est-ce en prenant la résolution de m'exposer à tous les hasards de la guerre pour acquérir

un nom qui pût me rendre digne de
vous? est-ce enfin en voilant mon
amour, en cherchant à vous paraître
indifférent lorsque je vous adore, et
cela pour vous rendre notre séparation plus aisée à supporter? Ah!
cruelle, que votre cœur était loin de
comprendre le mien! et de quel fatal aveuglement étiez-vous donc
frappée?

Vous n'êtes plus libre, vous devez
m'oublier; le pourrez-vous? Je ne
puis vous dire que je le désire, et je
sais par ce que j'éprouve que cela
vous sera impossible. Vous ne serez
donc pas heureuse; vous chercherez
sans cesse un cœur semblable au
mien; mon image vous poursuivra

jusque dans les bras de votre époux...

Je m'arrête; j'aurais peut-être mieux fait de ne pas vous écrire ; mais je n'ai pas eu la force de me priver de cette consolation; ce sera la dernière que je chercherai hors du devoir. J'aurai besoin pour cela de me répéter souvent que madame de Listenay m'a ôté tous les droits que j'avais sur mon adorée Hélène.....

Adieu..... »

A madame d'Arberg.

Naître, vivre et mourir sont
les trois époques de l'homme ; il
ne se sent pas naître, il souffre
en mourant, et oublie de vivre.

« Vous aviez raison, Madame, de
craindre mon désespoir ; à la lecture de votre lettre, de celle d'Hélène, j'ai ressenti une douleur si
vive, que je ne sais comment, sans
mourir, j'ai pu la supporter. Je
comptais sur les promesses de ma
mère : vous m'aviez dit que vous
veilleriez sur l'amie de mon cœur;
n'était-ce pas me promettre de me

la conserver ? Hélas! elle était tout pour moi dans ce monde, et elle est perdue, perdue sans retour.

« Je reste seul avec la déchirante certitude qu'à mon âge on a encore de longues années à vivre, et je ne puis douter que le souvenir de celle que j'aime est ineffaçable ; jamais rien ne remplacera Hélène dans mon cœur. Sa mère! ce n'est qu'en frémissant que je trace ce titre ; sa mère l'a sacrifiée à une vanité, à un orgueil qui me font horreur. Elle me savait pourtant capable de tout pour assurer le bonheur de son enfant, de cette Hélène idolâtrée. Quelles ont donc été ses raisons ? pourquoi presser ce fatal hymen ?

ne lui aviez-vous pas fait part de ma
parfaite soumission à ses ordres? ne
lui aviez-vous pas dépeint l'état affreux dans lequel j'étais tombé?
comment n'en a-t-elle pas été touchée?

« Sans doute vous ne lui avez pas
dit que, pour conserver l'espoir le
plus éloigné de m'unir à sa fille, je
me serais condamné aux plus péni-
bles travaux, au plus rude esclavage.
Je n'ai jamais eu qu'un seul sentiment, c'était d'aimer Hélène; qu'une
seule volonté, celle de tout entreprendre pour lui appartenir; et par
une cruauté sans motif, sans exemple, madame de Saint-Séverin, après
m'avoir comblé de biens et de ten-

dresse pendant cinq ans, m'abandonne à toutes les horreurs de l'iso-
lement.

« Il faut l'oublier, me dites-vous.
Ah! Madame, que vous me connais-
sez mal ! Un seul sentiment me rat-
tache encore à la vie, c'est celui que
je ressens pour ma mère. J'entends
encore cette voix douce et conso-
lante ; elle résonne à mon oreille et
fait tressaillir mon cœur ; c'est à elle
que je me dévoue, dites-le-lui. Je
respecte le mystère dont elle s'environne ; mais le moment de la connaître entièrement n'arrivera-t-il
pas ? dans quel cœur trouvera-t-elle
plus d'indulgence et de respect ! Ah!
qu'elle parle ! qu'elle me laisse par-

tager ses peines ! nous pleurerons
ensemble ! personne mieux que moi
ne concevra ses douleurs, si c'est un
amour déçu qui les a causées.

« Je compte sur vos bontés pour
remettre la lettre ci-incluse à madame de Listenay ; ne me parlez
plus d'elle... plaignez-moi, je suis
bien malheureux... Dites à ma mère
que je me rendrai digne d'elle ; sur
un champ de bataille, la mort se
trouve à côté de la gloire ; il faut braver l'une pour atteindre à l'autre :
cependant rassurez son cœur ma-
ternel , en lui disant que tout en
obéissant à la voix de l'honneur, je
me souviendrai que la sienne m'a
supplié de vivre. »

Un malheur constant finit ou par vous ôter vos forces, ou par vous en donner de nouvelles. J'étais fatigué de souffrir, et mon âme se révolta cette fois contre l'injustice du sort qui me persécutait sans relâche. Un seul instant je fus sur le point d'aller reprocher à madame de Saint-Séverin la barbarie de sa conduite; mais je rougis bientôt de ce mouvement de colère. Ne serait-ce donc que pour me venger d'une femme qui m'a long-temps comblé de biens que je retournerais sur mes pas? le ciel me vengera peut-être plus que je ne le désire. C'est ici que je dois rester! ai-je d'autre patrie? Hélas! non. Repoussé de ma famille, obscur et dédaigné, qu'importe le lieu que j'habiterai à l'avenir ? Ici, je n'aurai à rougir de rien, un état honorable m'y est réservé; je ne l'ai point sollicité, on me l'a offert, et si je ne puis exécuter le parti que j'avais pris de m'ensevelir en une profonde retraite, que je me rende au moins utile à la patrie qui veut bien m'adopter.

Il est plus difficile qu'on ne pense d'exécuter un dessein quelconque, quoiqu'on l'ait arrêté et qu'on en ait senti toute l'importante nécessité.

La décision que j'avais prise n'eût peut-être été suivie d'aucun effet, si, dans le moment où je retombais dans l'irrésolution, je n'eusse

reçu de mon colonel un ordre pour
me rendre de suite à mon régiment,
qui était alors à Moscou. Cet ordre
m'était adressé sous le nom d'Hermann, baron d'Arberg, et me fut
remis par Albert, avec le diplome
qui me donnait le droit de porter ce
titre. Je fus un seul instant incertain si j'accepterais ce nouveau bien-
fait. « Il vous vient de votre mère, »
me dit Albert d'un air suppliant.
Je dus céder, et je donnai l'ordre à
ce fidèle serviteur de se tenir prêt à
me suivre le lendemain matin.

Il me tardait de ne plus m'appartenir, et de me livrer à une cons-
tante occupation ; c'était le seul
moyen d'échapper à cette solitude

qui nourrissait encore mes regrets.
Je sentais que je ne pouvais effacer
de ma mémoire le souvenir du passé :
il devait me suivre en tous lieux ; je
me plaisais à le retrouver jusque
dans mes songes ; Hélène ne devait
jamais être oubliée. Ah ! le ciel m'est
témoin que son image a toujours
vécu dans mon cœur. A l'instant du
danger, au milieu des batailles, elle
était à mes côtés pour me protéger
et me guider à la victoire.

~~~~~~

CHAPITRE XI.

> L'orgueil offre comme l'am-
> bition des aspects bien différens
> l'un de l'autre : il peut être,
> selon le principe dont il émane,
> le plus noble sentiment de l'âme
> après l'honneur, comme il peut
> être le plus misérable.

Je fus reçu dans mon régiment,
non comme un homme à qui on a
accordé une place de faveur, mais

comme si j'avais été attendu avec
impatience. Mon colonel, chez qui
je me rendis à mon arrivée, me
présenta au corps d'officiers avec l'air
de l'intérêt le plus vrai et de la plus
grande distinction. « J'espère, jeune
homme, me dit-il, que vous suivrez
l'exemple que vos ancêtres et votre
noble père vous ont donné, et que,
comme eux, vous saurez vous faire
aimer et distinguer de vos braves
frères d'armes. » Je m'inclinai avec
respect.

Mon père, mes ancêtres, qui
étaient-ils? tout ce qui m'entourait
semblait me connaître, et moi seul
j'ignorais ce que j'étais. J'aurais
voulu parler, mon insurmontable

timidité me retint : cependant je me promis bien d'interroger M. le prince Subassow; ainsi se nommait mon colonel. Mais cette occasion, que je cherchais avec une impatiente curiosité, semblait me fuir, ou plutôt M. de Subassow évitait tout ce qui aurait pu la faire naître.

J'étais admis chez lui avec mes camarades, lorsque quelque affaire de service m'y appelait; mais jamais je ne le trouvais seul. Plusieurs fois j'essayai de faire parler Albert; je n'en reçus que des réponses évasives. A la fin, rebuté par l'obstination qu'on mettait à me taire un secret qui me touchait d'aussi près, je pris le parti de garder le silence, et d'af-

fecter la plus parfaite insouciance.
Je m'appliquai à apprendre mon
état, qui, jusqu'au moment de mon
entrée dans mon régiment, m'avait
été parfaitement étranger.

Dans le peu d'heures que j'avais
réservées pour mes loisirs, je voyais
quelques officiers : tous m'avaient
accueilli avec empressement; mais
je ne me liai qu'avec un seul, Paul
Grégorieff. C'est à lui que je dus
le peu d'instans agréables que je
passai; son aimable enjouement put
seul me tirer de mes sombres rêveries. Le souvenir de son affection a
encore le pouvoir de cicatriser les
blessures de mon cœur. Je ne croyais
pas que le bonheur pût exister pour

moi , et je sus m'en créer un. Je
pense à lui sans qu'une seule nuance
d'amertume vienne se mêler à ce
souvenir. Il me fallut peu de temps
pour le connaître et m'attacher à
lui. L'entraînement que j'éprouvai
fut assez fort pour vaincre ma timidité et la défiance que m'avait laissée
le malheur.

Je le vis souvent , et sa franchise,
sa gaîté, qui auraient dû m'éloigner
de lui, ne servirent qu'à m'en rapprocher. Il connut tous les replis de
mon cœur; mais il ne chercha pas
d'abord à me consoler; il s'affligea
avec moi. Il sut imposer silence à sa
gaîté, et s'il venait à s'y livrer, ce
n'était que pour me donner le cou-

rage qui était souvent sur le point de m'abandonner.

Paul était jeune ; sa figure était charmante ; possesseur d'une fortune immense et d'un nom illustre, quand on connaissait la bonté de son cœur et l'élévation de son esprit, on était tenté de regarder comme une superfluité de perfection les talens et les grâces de sa personne. Malgré tous ses titres à l'envie de ses camarades, je ne lui ai jamais connu un ennemi. Nous avons été douze ans ensemble, et jamais la moindre altercation ne s'est élevée entre nous ; cependant, pendant ce temps, nous avons été rivaux de gloire. Le hasard ou le peu de prix que j'attachais à l'existence me servit malgré moi.

J'étais entré simple lieutenant dans mon régiment, et peu d'années s'étaient écoulées que je commandais à ceux qui avaient été mes supérieurs. Je ne m'arrêterai pas sur cette époque de ma vie : je n'écris que l'histoire de mon cœur et non mes exploits militaires. Je fis toutes les campagnes jusqu'en 1812 , et , à cette époque , je fus fait aide de camp de l'empereur de Russie. Comblé d'honneurs , de ce qu'on nomme communément gloire, la mort que j'avais tant bravée m'avait évité ! J'aurais dû être heureux : ami de tout ce qui m'entourait, je devais oublier les jours de l'infortune; mais le souvenir de ma jeunesse ne s'était pas effacé de ma mémoire.

Les bonneurs ne pouvaient me toucher que médiocrement : celle qui me les avait fait désirer ne vivait plus pour moi. Ma correspondance avec madame d'Arberg était tout-à-fait rompue : elle ne me répondait plus. Il devenait donc inutile de lui écrire ; cependant un être inconnu me protégeait ; je le devinais, c'était ma mère ; mais ce secret était religieusement gardé dans mon cœur. Elle me protégeait, je le sentais ; sa puissante intercession m'avait toujours été utile. Je m'étonnais avec Paul de la bizarrerie de ma destinée.

Dans différentes circonstances où

je m'étais quelquefois trouvé , **je
n'invoquais** jamais cet être inconce-
vable sans en recevoir un prompt
secours. Je l'appelais mon ange gar-
dien ; cet ange devait me suivre
partout ; la nuit je me suis souvent
réveillé croyant apercevoir une om-
bre se glissant le long des murs de
ma chambre ; je sentais la pression
de ses lèvres sur mon front , j'é-
tendais mes bras pour la saisir.....
tout s'évanouissait , et cette appa-
rition se confondait avec la rêverie
de ma brûlante imagination , **qui,**
n'ayant plus d'alimens, devait se re-
paître de chimères.

1. 7.

~~~~~~

CHAPITRE XII.

S'attachant eux-mêmes le bandeau qui les aveugle, le joueur et l'avare s'acheminent chacun de leur côté vers le précipice; ils spéculent leurs jouissances au lieu de les goûter, et tandis que le plaisir est dans leur tête, la peine est dans leur cœur.

La paix qui existait entre la France et la Russie venait d'être rompue. Ce n'était pas sans peine que je m'étais

déjà vu contraint à porter les armes
contre les soldats d'un pays où les
premières années de ma vie s'étaient
écoulées, auquel se rattachaient mes
premières idées, mes seules impressions de bonheur. Il fallut cependant
que ce sacrifice se renouvelât. Le
commencement de la campagne fut
désastreux pour nous ; presque toujours repoussés, nous ne nous dé-
fendions qu'en fuyant ; et jusqu'à la
triste, mais pour la Russie glorieuse
catastrophe de Moscou, la campagne
ne fut qu'un continuel triomphe
pour les Français. Après ce grand
événement, tout changea de face. On
connaît la retraite que nous les obli-
geâmes de faire à notre tour ; la

saison nous servit trop bien , et les routes , depuis Moscou jusqu'à Dant-zick , étaient jonchées de nos enne-mis, vaincus plutôt par elle que par la force de nos armes. Chaque jour nous faisions des prisonniers.

Ayant été blessé à la bataille de la Bérézina , je reçus l'ordre de me ren-dre à Saint-Pétersbourg, pour me soi-gner et me rétablir de mes fatigues. Je partis , et j'avoue que je fus heureux de m'éloigner du théâtre de toutes les misères humaines. Couché dans mon traîneau, avec mon médecin et Albert; enveloppé dans mes four-rures , je souffrais moins de mes blessures et de la rigueur de la saison que de la profonde détresse qui ac-

cablait mes infortunés compatriotes.
Les secours que je leur faisais dis-
tribuer n'étaient pas assez considé-
rables pour les soulager ; mon cœur
saignait et partageait leurs souffran-
ces. Le nombre des malheureux qui
m'entouraient augmentait chaque
jour ; il me restait encore deux jour-
nées avant d'arriver à ma destination.
Accablé de fatigue , je voulus me ré-
poser ; nous nous arrêtâmes dans un
mauvais village , dont toutes les mai-
sons étaient encombrées de prisonniers et de blessés de toutes nations.

Je fus transporté dans une chambre, la meilleure qu'on avait pu trouver; un bon poêle l'échauffait. Tandis
qu'Albert arrangeait mon lit de camp,

je m'approchai du feu , et je me chauffai , en réfléchissant aux malheurs qui m'environnaient. Je fus tiré de ma rêverie par des gémissemens qui semblaient partir de la chambre voisine de celle où j'étais. « Qu'est-ce donc? Albert , qui peut se plaindre ainsi? — Mon général , c'est une pauvre femme dont le mari est mort hier. — C'est sans doute la maîtresse de cette maison? — Non , mon général, c'est une Française qui avait suivi son mari à l'armée; elle a été trouvée sur le champ de bataille , couchée près de lui ; et lorsqu'on l'a relevé et porté avec les blessés, elle a voulu le suivre. Hier son époux est mort des suites de ses

blessures, et, plus encore, des mauvais traitemens qu'on lui a fait souffrir ; car votre excellence doit savoir
que les Cosaques, même tout soldat
russe... — Il suffit , Albert ; allez
voir cette femme, et donnez-lui tous
les secours dont elle peut avoir besoin. »

Les plaintes de cette malheureuse
me déchiraient le cœur. Albert sortit,
et je l'entendis entrer dans la chambre à côté. Les gémissemens conti-
nuaient toujours ; tout à coup il se fit
un silence, et peu de minutes après,
Albert rentra. « Mon général, vos
secours sont arrivés trop tard ; la
pauvre femme est, je crois, allée
rejoindre son mari. Ah! si votre ex-

cellence la voyait, c'est à fendre le
cœur ; elle est là, étendue par terre,
et personne n'a pensé à la secourir.
— Albert, vous ne deviez pas la laisser ainsi ; peut-être n'est-elle pas
morte; pourquoi ne l'avez-vous pas
relevée ? Mais j'y vais moi-même. »

Je n'eus qu'un pas à faire pour me
trouver au milieu d'une chambre
spacieuse et obscure : plusieurs grou-
pes de soldats environnaient un poêle
de fonte, et fumaient avec insouciance ; le maître et la maîtresse de
la maison étaient à genoux, et s'oc-
cupaient à déshabiller cette femme,
et probablement à lui enlever ce qui
pouvait tenter leur cupidité. Je m'a-
vançai ; ces misérables se relevèrent.

« Elle est morte, mon général, me
dit Albert, qui me suivait. — Non,
dis-je, après avoir posé ma main sur
son cœur; elle n'est point morte, je
sens un faible battement. Aidez-moi
à porter cette femme sur mon lit,.
donnez-moi mes sels ; posez-la doucement... » En disant ces mots, arrivé dans ma chambre, j'écartai les
cheveux de l'infortunée : ses yeux
étaient fermés, une pâleur livide
couvrait son visage ; ses bras, violets
et froids comme du marbre, étaient
raidis, et semblaient encore presser
quelque chose contre son sein ; ses
traits défigurés ne me semblaient pas
inconnus. Une émotion indéfinissable s'empara de moi ; je soulevai

1.   8

cette tête; j'approchai la lumière;
je fis un cri... C'était Hélène!.....
c'était elle; je n'en pouvais douter...
Qui peut rendre ce que j'éprouvai
dans ce moment ? Hélène tant re-
grettée, que j'adorais encore malgré
douze ans de séparation, malgré les
obstacles qui s'étaient élevés entre
nous, Hélène était là devant moi.
Je la tenais mourante dans mes bras;
d'une minute à l'autre elle pouvait
cesser de vivre sans m'avoir reconnu,
sans savoir que le malheureux Hermann avait reçu son dernier sou-
pir. Cette idée était insupportable;
je collai mes lèvres sur les siennes:
—Hélène ! m'écriais-je du ton du
désespoir, Hélène! réponds-moi,

parle-moi, ne t'ai-je retrouvée que
pour te perdre encore ? ah ! si cela
est ainsi, je ne veux pas te survivre ! »
Albert épouvanté de mes transports,
crut un instant que j'avais perdu la
tête ; je vis qu'il allait sortir. « Reste
là, je veux que personne ne voie
cette femme là... — Mon général, si
nous appelions votre chirurgien ? —
Tu as raison ; mais je ne veux que
lui. » Albert sortit précipitamment.

Je recommençai mes plaintes, à
genoux, près du matelas où j'avais
couché Hélène ; la main appuyée sur
son cœur, mon existence semblait
suspendue ; j'épiais le moindre mouvement ; cette figure immobile m'effrayait et m'amusait. Le chirur

gien entra. J'étendis la main qui me
restait libre : « Ne me dites pas, docteur, que cette femme est morte...
elle respire encore...» M. de Lawroff
s'approcha ; il voulut prendre son
bras ; mais il était tellement serré
contre elle, qu'il ne put le détacher.
Il coupa ses manches et demanda de
l'eau de Cologne, et répandit de ce
spiritueux sur ses bras et sur son
visage.

Peu à peu ses mains glacées re-
tombèrent à côté d'elle ; une légère
couleur couvrit ses joues ; ses yeux
s'ouvrirent ; mais, comme éblouis de
la lumière qui les frappait, ils se re-
fermèrent aussitôt. Effrayé, je crus
qu'Hélène avait cessé de vivre ; j'al-

lais crier ; mais M. de Lawroff mit
la main sur ma bouche : « Elle dort,
me dit-il, ne la réveillez pas. »

Ces seuls mots du docteur me ras-
surèrent, et la crainte de voir cesser
ce sommeil s'empara entièrement
de moi. Je regardai Albert ; il me
comprit, et fut ordonner qu'on ob-
servât le plus profond silence.....
M. de Lawroff voulut alors me faire
relever ; mais je m'obstinai à rester
dans la position où j'étais. Mes larmes
inondaient mon visage ; la crainte,
l'espoir se succédaient rapidement
dans mon cœur. Mon chirurgien me
considérait avec étonnement. Pour
Albert, il avait tout deviné, et le
plus profond attendrissement se lisait

sur ses traits. « Docteur, croyez-
vous qu'elle dorme ?... lui dis-je au
bout d'une heure, en le regardant
d'un air inquiet.— Ne le voyez-vous
pas, mon général ? il serait cependant nécessaire de lui faire avaler
un peu de vin. — Albert, versez-en
quelques gouttes dans ce verre ; cette
femme est épuisée par le besoin. »
Le besoin !... Hélène devait-elle le
connaître jamais ? « Pourquoi, docteur, ne pas l'avoir secourue de suite?
— Le repos était nécessaire d'a-
bord. Voyez, elle soupire ; ses lèvres
se colorent ; je ne vois nul danger à
son état ; une nuit de repos, un peu
de nourriture, et demain elle sera
tout-à-fait bien. »

Ces consolantes paroles me ren-
dirent la vie. Je suivais avec anxiété
chaque mouvement d'Hélène. Elle
ouvrit les yeux ; je fis éloigner la
lumière ; je reculai dans le lieu le
plus obscur de la chambre, afin de
lui épargner une trop vive impres-
sion. Elle se souleva ; ses yeux se
fixèrent sur le chirurgien ; elle se
détourna avec un sentiment de dégoût : « Toujours des Russes, dit-
elle ; pauvre Maurice ! pourquoi,
ah ! pourquoi ne me laisse-t-on pas
mourir ? — Buvez de ce vin, Madame, lui dit M. de Lawroff. — Vous
voulez que je vive, vous aussi ?....
Quel mal vous ai-je fait ? dit Hélène
d'un voix altérée par la faiblesse et

la souffrance; vous ne savez donc pas que je suis seule sur la terre? Je veux mourir ici, ici même, où j'ai perdu Maurice. —Hélène! m'écriai-je emporté par la douleur; Hélène! et moi, tu m'as donc oublié...» Je me repentis bientôt d'avoir parlé; car elle s'élança de son lit, et tomba à mes pieds en prononçant mon nom, et en poussant un cri aigu et si perçant que toutes les fibres de mon cœur en tressaillirent. Je voulus la relever; ses mains s'attachèrent à mes habits. « Pardon, pardon, dit-elle avec égarement, ne le tue pas, fais-moi rendre Maurice; j'étais son épouse... je devais l'aimer... et je l'ai conduit à la mort. Ah! Hermann, pourquoi m'avais-tu abandonnée ? — Hélène ! je suis là pour te protéger ; viens sur ce cœur qui n'a jamais cessé de battre pour toi : oublions le passé. »

Elle m'entendit enfin ; je la fis asseoir sur le lit ; je me plaçai près d'elle ; sa tête se pencha sur ma poitrine , et ses larmes commencèrent à couler. Nous restâmes ainsi quelque temps. « Mon général , madame a besoin de repos , me dit le chirurgien ; et vous-même , épuisé par toutes ces émotions , votre blessure peut se rouvrir ; comment pourrez-vous alors lui prodiguer les soins dont elle aura besoin ? — Je ne puis la quitter. — Hermann , me dit Hélène , éloignez-vous , nous nous verrons demain! — Quoi! pouvez-vous croire que je puisse vivre un seul instant sans vous? Ah! Hélène, quelle serait mon inquiétude? à peine rassuré sur votre état!...—Il n'est point dangereux, mon ami; nous avons besoin de calme... Oui, ajouta-t-elle en m'examinant avec attention, c'est lui, je le reconnais; voilà ses traits; c'est bien cette même chaleur de sentimens... je crois qu'il m'aime encore..... Mon Dieu! pardonnez-moi!... » Elle se couvrit le visage de ses mains; puis, au même instant les laissant retomber, elle me regarda encore, et sourit au milieu de ses larmes.

Je ne pus me défendre de la pres-

ser contre mon cœur ; car je l'avais
devinée, et je venais de retrouver
mon Hélène tout entière. Ne me
sentant pas la force de supporter plus
long-temps mon ravissement, je
sortis brusquement de la chambre,
et j'envoyai à Hélène la maîtresse de
la maison, en la suppliant de la garder près d'elle ; mais cette femme re-
vint bientôt avec M. de Lawroff, qui
m'assura de nouveau qu'une nuit de
repos était tout ce qu'il fallait pour
rétablir cette jeune Française, et
qu'il avait cru devoir céder à son
désir de rester seule.

Cette déclaration me rassura entièrement ; je consentis à ne pas ren-
trer dans la chambre d'Hélène ; mais

quelles que fussent les prières de
M. de Lawroff et d'Albert , je pré-
férai passer la nuit sur un mauvais
banc devant la porte de cette chambre qui renfermait mon unique tré-
sor. Je le savais , le ciel devait me
rendre Hélène ; elle était libre. Il
faut aimer comme moi pour se faire
une idée de ce que j'éprouvai. Le
bonheur était un état si nouveau
pour moi , que je craignais que
quelque événement imprévu ne fît
évanouir celui que je goûtais. Mon
chirurgien ne voulut pas me quitter,
et je consentis avec plaisir à le garder près de moi. Nous fîmes apporter
du bois ; et , enveloppés dans nos
manteaux , nous nous assîmes au-

près du poêle. Je me levais à chaque
instant pour m'approcher de la porte
d'Hélène ; le plus profond silence régnait dans sa chambre ; ce calme me
rassurait et m'effrayait ; rappelé par
les raisonnemens de M. de Lawroff,
je revenais à ma place.

« Y a-t-il long-temps, demandai-
je à l'hôtesse, que cette dame est
arrivée ici ? — Il y a trois jours,
Monseigneur, que plusieurs traî-
neaux s'arrêtèrent ici pour y passer
la nuit ; ils étaient chargés de blessés,
et dans le nombre se trouvait le mari
de cette femme que votre excellence
a vue là dans ce coin... Ce n'était
pas notre faute si elle était ainsi couchée ; mais nous ne pûmes la cou-

traindre à se lever; elle pleurait tant;
et ne voulait pas même manger. Le
pauvre homme avec qui elle était
est mort quelques heures après son
arrivée. Il lui a parlé bien long-
temps; mais nous ne comprenions
pas ce qu'il lui disait. Quand elle l'a
vu froid et immobile, elle s'est jetée
sur lui, et nous avons été obligés
d'employer la force pour l'en séparer.

Elle se mettait à genoux devant
nous, et avait l'air de nous dire de
le tuer aussi. Je ne puis m'empêcher
de pleurer, rien qu'en vous racon-
tant tout cela. Il est vrai que nous
commencions à la déshabiller lorsque votre excellence est arrivée;

mais vous devez savoir qu'on n'en-
terre pas les gens tout habillés dans
ce pays, et, sur mon âme, nous
n'avons pas trouvé autre chose sur
elle que cette petite bague. » Cette
femme me donna alors un anneau
d'or, dans lequel était gravé mon
nom ; je le reconnus pour l'avoir
donné à Hélène peu de temps avant
mon départ, et je me souviens qu'elle
m'avait promis alors de ne le quitter
de sa vie.

CHAPITRE XIII.

> Quelle horreur que la mort!!!
> elle sépare la pensée de celui
> qui l'a produite, et pulvérise la
> cause d'un effet immortel : les
> œuvres de Voltaire sont partout,
> son être n'est nulle part.

Je pressai cet anneau sur mes lèvres; il m'assurait que j'étais encore aimé. Cependant, pourquoi ce

parfait dévouement à son mari? quoi!
elle avait tout quitté pour lui, et elle
préférait la mort à l'horreur de lui
survivre ! Le seul devoir ne peut
commander à une femme jeune et
délicate de s'exposer à tous les hasards de la guerre pour partager les
dangers d'un époux ; il faut qu'il s'y
joigne un sentiment bien vif. Comment soutenir la pensée que la femme
que j'adorais eût pu avoir une passion
dont je n'aie pas été l'unique objet ?

Je passai ainsi toute la nuit, tantôt
m'abandonnant aux plus enivrantes
espérances, plus souvent déchiré par
mille craintes, et surtout par la jalousie. A six heures du matin, je ne
pus contenir mon impatience ; j'en

1.   8.

tr'ouvris doucement la porte ; j'écoutai ; pas le moindre bruit ; le cœur palpitant, je m'approchai du lit. Je vis Hélène à la lueur de la lampe qui brûlait encore, et dont tous les rayons donnaient sur son visage ; je la vis, dis-je, doucement endormie ; des larmes bordaient ses paupières, et on en voyait la trace sur ses joues pâlies et maigries par la douleur. Je la considérai long-temps : c'étaient bien les mêmes traits qui m'avaient charmé, et, malgré le changement que le malheur avait dû produire, je vis qu'Hélène était embellie, ou plutôt que sa beauté avait acquis toute sa perfection. Ce n'était plus ce visage enfantin brillant de fraîcheur et de gaîté. Ses beaux yeux voilés par de longues paupières noires, cette bouche , ce nez d'une forme parfaite, cette pâleur lui donnaient l'apparence d'une belle statue couchée sur un tombeau. Son sommeil paraissait calme : ne voulant pas l'interrompre, je fis quelques pas pour sortir; elle s'éveilla alors. « C'est vous, Hermann; vous voyez combien votre protection me rassure, puisque, malgré mon affreuse position, j'ai pu goûter un peu de repos. Je vais bien, maintenant; il faut continuer mon voyage, et cependant, en retournant vers ma patrie, je n'espère plus y retrouver un seul ami. . . . .

Sa voix devint alors plaintive et douloureuse. « Ah ! vous avez raison, Hélène, dis-je en prenant ses mains, et en les pressant contre mon cœur ; ce n'est pas en France où vous pouvez trouver des amis ; c'est ici où il vous en reste un ; car mon cœur est toujours le même ; ni le temps ni l'absence n'ont pu le changer. Quels sont vos projets ? et que voulez-vous faire ? votre frère, votre premier ami est prêt à tout entreprendre pour vous rendre au bonheur.

« —Je voulais retourner en France, dit Hélène en hésitant..... — En France ! y pensez-vous ? dans cette saison, par le froid rigoureux qu'il fait !... Ah ! Hélène, vous voulez déjà

me quitter! Après vous avoir retrouvée d'une manière miraculeuse ; il
faudrait donc vous perdre encore...
Ne parlez pas, ajoutai-je avec vivacité, si ce que vous avez à me dire
doit m'enlever mes dernières espérances... de grâce, laissez-moi quelques jours de bonheur, je respec-
terai votre douleur ! vous me verrez
soumis à vos moindres ordres. Dans
deux jours nous pouvons être à Saint-
Pétersbourg ; consentez à m'y suivre.
Me priverez-vous du bonheur de recevoir chez moi la fille de ma bienfaitrice ?... »

Hélène me pressa la main ; elle
hésita un moment ; puis elle me dit
avec dignité : « Oui, je vous suivrai

à Pétersbourg; mais souvenez-vous, Hermann, que c'est une sœur qui se confie à votre honneur. Je ne dois pas entendre l'expression d'un autre sentiment que celui de l'affection fraternelle, et je désire vivre dans la retraite; elle seule convient à mes goûts, et plus encore à la douleur que j'éprouve; ce n'est cependant pas à vous que je puis parler de mes regrets. Ne me parlez pas du passé, Hermann; jurez-le-moi; nous devons l'oublier. — Je le jure ! m'écriai-je, et que le ciel me punisse si je manque à ce serment ! Je vais m'occuper de notre départ. — Un moment, mon frère, dit Hélène, en posant sa main sur mon bras pour me retenir ; il me reste un devoir à remplir. L'infortuné qui est mort dans mes bras, je ne puis abandonner sa tombe sans lui dire un dernier adieu. — Hermann, ne vous opposez pas à ma résolution, je veux encore le voir ; et si la terre a recouvert ce qui me restait de lui, que j'aille au moins... —Vous irez, Madame ; je vais donner mes ordres pour que vous soyez satisfaite. »

Je sortis, et m'approchant de la maîtresse de la maison, je lui demandai ce qu'elle avait fait du corps du Français mort chez elle. « On lui a rendu les derniers devoirs, me dit-elle, et son cercueil a été déposé dans le caveau de l'église. » J'appe-

lui Albert. « Rendez-vous à l'église ;
voyez le suisse, et priez-le de faire
dire un service pour ce malheureux
homme. N'oubliez pas que sa femme
est ma sœur ; elle veut voir son
époux pour la dernière fois ; que
tout se fasse de suite, et convena-
blement ; je veux partir dès aujour-
d'hui, s'il est possible. Vous m'enten-
dez ; avec un fidèle serviteur comme
vous, je n'ai pas besoin de m'expli-
quer davantage. »

Une heure après, Albert rentra,
et je l'envoyai prévenir Hélène qu'elle
pouvait se rendre à l'église. Il m'eût
été trop pénible de l'y conduire ; je
restai cependant à portée de la suivre
de loin. Je la vis bientôt après ap-

puyée sur le bras d'Albert ; on l'avait
enveloppée dans un de mes manteaux ; ses pas étaient chancelans,
et peu à peu ils devinrent plus as-
surés. On ouvrit la porte des ca-
veaux ; elle quitta le bras qui la sou-
tenait ; Albert marcha devant elle.
« C'est là , lui dit-il d'une voix basse,
en lui indiquant un cercueil.—Éloignez-vous, » lui dit Hélène d'une voix
presque inintelligible. Elle se pros-
terna ; je n'entendis que ses sanglots
et des exclamations sans suite. Bientôt tout resta dans le silence. Je me
précipitai au bas des marches ; je
pris ma pauvre Hélène dans mes
bras ; elle était évanouie. Mes ordres
étaient donnés ; je m'élançai dans

mon traîneau ; nous partîmes avec
rapidité, et nous étions bien loin du
village lorsque ma compagne de
voyage reprit ses sens.

~~~~~~

CHAPITRE XIV.

La jalousie mène à l'injustice,
à la vengeance, à la cruauté, à
la tyrannie, au suicide, au meur-
tre, à l'infanticide ; et changeant
en déchirantes épines un lien de
fleurs , elle fait toute la vie le
tourment de ceux qui l'inspirent
et l'éprouvent.

« MAURICE ! murmura Hélène en
ouvrant les yeux et en les arrêtant
sur moi; ah ! Hermann ! m'avoir ar-

rachée de sa tombe! » Sa tête retomba
sur ma poitrine ; ses larmes cou-
lèrent : je n'en fus pas touché : je la
repoussai doucement ; elle se recula,
et se couvrit le visage de ses mains.
« C'est vrai, dit-elle, il ne peut pas
me comprendre, et j'avais raison de
dire qu'il ne me restait pas un
ami !

« — Ingrate Hélène ! est-ce bien
à vous à me faire le reproche de ne
plus vous comprendre ? c'est vous
qui avez tout oublié, et qui mécon-
naissez un cœur qui n'a jamais battu
que pour vous. Je l'avoue, je suis
blessé de la véhémence d'une douleur que j'espérais adoucir par mes
soins, et en la partageant. L'amour

que vous avez pour votre époux vous
rend injuste à mon égard : l'amour,
ai-je dit ; ah ! cruelle, vous ne deviez
en ressentir que pour moi... Pardonnez, ce langage vous offense ;
ayez pitié de ma faiblesse, ayez
pitié d'une injuste jalousie que je
déteste ; je veux, je dois me con-
tenter de votre amitié. — Il le faudra, Hermann, si vous désirez que
nous ne nous séparions pas. Je vous
l'ai dit, vous devez oublier qu'un
sentiment plus vif nous a unis ; nos
liens ont été rompus, ils ne peuvent
se renouer. C'est à l'ami de ma jeunesse et non à cet Hermann adoré
que je m'adresse ; toute idée d'amour
doit s'effacer de votre cœur, sans

cela ce ne sera pas près de vous que je pourrai trouver sûreté et protection.

« Vous m'aimez encore, je le vois, et, dans le fond de votre âme, vous espérez ranimer dans la mienne un sentiment qui réponde au vôtre !... Hermann ! je ne veux pas vous tromper... — Ah ! de grâce, n'achevez pas ! m'écriai-je ; il y aurait de la barbarie à m'éclairer, à me donner une entière certitude de votre indifférence : le temps ne m'instruira que trop. Laissez-moi au moins un doute, un dernier espoir, dussiez-vous ne le réaliser jamais !... n'empoisonnez pas le bonheur que je goûte à contempler la victime que j'ai arrachée à une mort certaine.

« — Loin de vouloir vous ravir ce bonheur, je voudrais encore vous paraître reconnaissante !..... Quel triste service vous m'avez rendu !... — Hélène, je ne vous demande pas de reconnaissance ! en vous sauvant la vie, c'était la mienne que je conservais. — Hermann ! vous m'avez promis de n'être que mon ami. — Je le suis, je le serai toujours !... — Mon frère, je reçois votre promesse! n'oubliez pas surtout que ce n'est pas tant le deuil qui m'environne que ma volonté positive de fuir tout autre sentiment, qui doit vous imposer un silence éternel sur le vôtre. »

Je ne répondis rien ; que pouvais-
je lui dire?

Nous gardâmes le silence pendant
plusieurs heures. J'étais pénible-
ment affecté ; j'oubliais même mes
blessures , car je ne pouvais m'occuper que d'elle. Je la voyais s'affai-
blir ; je donnai l'ordre qu'on s'arrêtât
au premier village. Quoique avançant avec rapidité , nous ne pouvions
cependant nous soustraire assez tôt,
selon mon impatience, aux incon-
véniens d'une température des plus
rudes.

Je tenais les mains d'Hélène dans
les miennes pour lui communiquer
un peu de chaleur ; je tremblais de
la voir s'endormir , car son sommeil

pouvait devenir mortel dans la position où nous étions.

Enfin nous atteignîmes une auberge. Mes forces étaient tellement épuisées, que je fus obligé de remettre Hélène dans les bras d'Albert, et je lui donnai l'ordre de la porter dans une chambre particulière. Pour moi, soutenu par M. de Lawroff, j'entrai dans la chambre commune, où étaient rassemblés des officiers. Ils parlaient vivement entre eux de mon aventure, et leur curiosité était vivement excitée.

On me frappe sur l'épaule; je me retourne et reconnais Paul Grégorieff. Ma première sensation fut le plaisir, car je l'avais perdu de vue depuis un mois, et j'en avais été vivement inquiet. Il était légèrement blessé ; mais il avait conservé toute sa bonne humeur. « Te voilà enfin, Hermann, me dit-il en me secouant la main ; on raconte sur toi de belles histoires : on dit que tu fais le chevalier errant, et que tu enlèves les vivandières françaises !.— Mon cher Paul, je te raconterai tout cela plus tard ; dans ce moment, je suis excédé de fatigue, et j'ai réellement plus besoin de repos que de plaisanterie. »

Albert entra dans ce moment. « Madame est établie chez elle, me dit-il ; elle m'a chargé de dire à M. le baron qu'elle serait prête à partir demain à l'heure qui lui plaira.

« — Prenons note de cela, s'écria Paul en riant ; enfin, Hermann, nous te surprenons embarqué dans une aventure galante. Messieurs, voilà notre philosophe tout-à-fait corrompu... Mais remarquez ce front coupable. — Paul, tu as tort... Il est vrai, Messieurs, j'ai trouvé hier une femme malheureuse ; je l'avais connue dans son enfance ; sa mère m'avait protégé ; cette jeune infortunée avait suivi son mari ; il est mort dans ses bras des suites de ses blessures. Je l'ai vue presque expirante, j'ai cru qu'il était de mon devoir de la secourir ; n'en auriez-vous pas fait autant ? »

Je me penchai vers Paul, et lui dis à voix basse. « Mon ami, cette femme est Hélène !...» Il ne me laissa pas achever, et m'entraîna dans sa chambre. En y entrant, il se jeta dans mes bras. « C'est Hélène, me dit-il ; elle est libre, elle peut donc être à toi ! Ah ! mon cher Hermann, je ne puis assez vivement t'exprimer ma surprise et mon ravissement. Mais qu'as-tu ? d'où vient ta tristesse et cet air abattu ?

« — Mon cher Paul, je ne puis encore te rien dire, car j'ignore dans ce moment si je suis le plus heureux ou le plus malheureux des hommes. Accablé comme je le suis par des événemens inattendus et inconcevables, épuisé de fatigue, je ne sais même si un songe ne m'abuse pas. Demain je serai, j'espère, plus en état de te rendre compte de ce qui m'arrive ; en attendant, je te confie un dépôt précieux, mon cher Grégorieff ; veille à ce que la tranquillité d'Hélène ne soit pas troublée. Je te supplie seulement de ne pas te présenter devant elle. Adieu, continuai-je en lui serrant la main ; je compte sur toi comme sur moi-même. »

FIN DU PREMIER VOLUME.

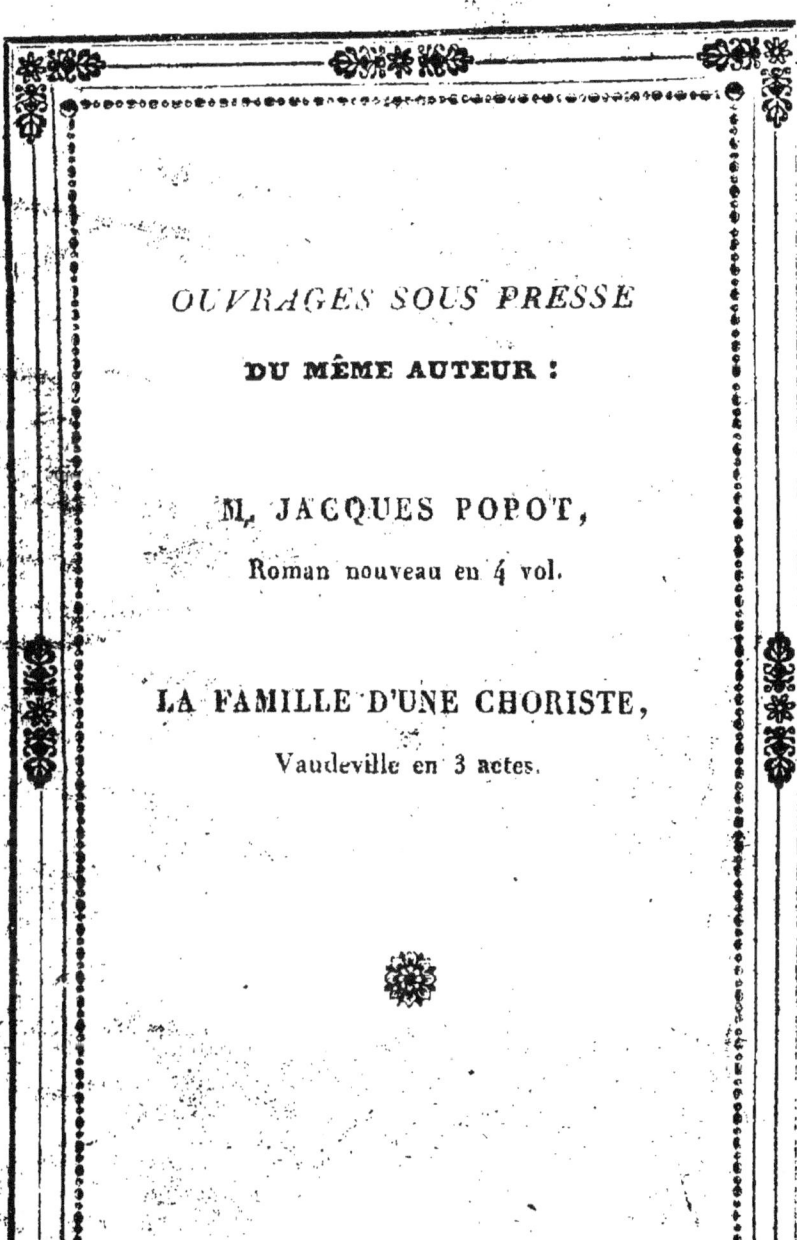

OUVRAGES SOUS PRESSE

DU MÊME AUTEUR :

M. JACQUES POPOT,
Roman nouveau en 4 vol.

LA FAMILLE D'UNE CHORISTE,
Vaudeville en 3 actes.

www.ingramcontent.com/pod-product-compliance
Lightning Source LLC
Chambersburg PA
CBHW051819020726
47502CB00005B/1540